목동의 예쁜 신

청소년 소설 _21

목동의 예쁜 신

이희준 글

펴낸날 2025년 5월 13일 초판1쇄
펴낸이 김남호 | 펴낸곳 현북스
출판등록일 2010년 11월 11일 | 제313-2010-333호
주소 07207 서울시 영등포구 양평로 157, 투웨니퍼스트밸리 801호
전화 02) 3141-7277 | 팩스 02) 3141-7278
홈페이지 http://www.hyunbooks.co.kr | 인스타그램 hyunbooks
ISBN 979-11-5741-439-0 43810

편집 전은남 | 디자인 조한 | 마케팅 송유근

목동의 예쁜 신

이희준

현북스

차례

새 친구

나의 꿈은 무한히 위대한 소설을 쓰는 것이다. 무한히 위대한 소설이란, 예술적인 수준이 무한히 높은 소설, 문학적 훌륭함이 무한대인 소설을 뜻한다. 언제부터 이런 꿈을 가졌는지는 생각이 잘 나지 않는다. 하지만 아주 어린 시절에 생긴 이 꿈은 거의 평생에 걸쳐 변하지 않았다. 그리고 나는 지금도 하루 종일 내 꿈에 대해서 생각하면서 시간을 보낸다.

내 이름은 이태용이다. 나는 새빛고등학교에 다니고, 애석하게도 아직 작가가 아니다. 나는 무한히 위대한 소설은커녕 평범한 소설 한 권도 쓴 적이 없다. 그래도 언젠가는 무한히 위대한 소설을 쓰길 꿈꾸면서 종일 그 책에 대해서 구상한다. 나는 집에서나 학교에서나 학원에서나 항상 두꺼운 갈색 공책을 갖고 다니는데, 무한히 위대한 소설과 관련해서 좋은 아이디어가 생각나면 공책에 아이디어를 적는다. 나는 그 공책을 '구상 공책'이라고 부른다. 갈색 공책은 나의 열두 번째 구상 공책이다. 내가 무한히 위대한 소설을 본격적으로 구상하기 시작한 게 초등학생 때니까, 그때부터 나의 구상 아이디어를 적은 두꺼운 공책들은 이제 열두 권에 달한다. 이 열두 권의 구상 공책들이 나의 보물 1호다. 보물 2호는 나의 목숨이다. 구상 공책들이 내 목숨보다 소중하기 때문이다.

여기까지가 내가 나에 대해 설명할 수 있는 대부분이다. 그 외에 나에 대한 것들은 심심하고 별 볼 일 없기 때문이다. 나는 양천구 목동에 살고 목동에 있는 고등학교를 다닌다. 그리고 며칠 전에 2학년이 되었다. 그렇다, 2학년이다. 그래서 요즘은 너무 피곤하다.

2학년이 되자 우리 엄마랑 아빠는 나를 더 심하게 몰아붙였다. 물론 부모님은 이전부터 나를 못살게 굴었지만 2학년이 되자 더 심해졌다. 나는 다니고 싶지도 않은 학원을 더 다니게 되었고, 부모님은 이전보다 잔소리를 더 많이 했다.

3월 초라서 아직 날씨가 쌀쌀했다. 새 학기가 시작되고 두 번째로 맞는 월요일이었다. 나는 다행히 내 친구 지승현과 이번에도 같은 반이 되었다. 승현이는 중학생 때부터 알게 된 친구로 나의 절친이다. 사실 승현이는 나에게 있어서 절친 이상이다. 사실상 내가 가진 유일한 친구이기 때문이다.

2학년이 되고 나는 우리 반 아이들을 대충 스캔했다. 시끄러운 애가 있었고 조용한 애가 있었다. 나는 조용한 애에 속했다. 키가 큰 애도 있었고 작은 애도 있었다. 나는 작은 애에 속했다. 그것도 남자애들 중에서 제일 작은 편이었다. 반면 승현이는 우리 반에서 제일 훤칠했다. 승현이와 나의 키 차이는 15센티미터 이상은 되는 것 같았다. 그래서 나랑 승현이가 나란히 걸을 때는 큰형과 막냇동생처럼 보였다.

그 외에도 우리 반에는 머리를 염색한 애도 몇 명 있었고, 염색을 하지 않은 애도 있었다. 나야 당연히 염색 같은 걸 하지 않는다. 그런 점에서 우리 반에서 가장 눈에 띄는 건 환한 금발머리를 한 여자애였다. 휘황찬란한 금발의 단발머리를 한 그 아이는 이번에 처음으로 같은 반이 되었지만, 1학년 때부터 복도에서 자주 마주쳐서 얼굴은 이미 잘 알고 있었다. 그 아이의 밝은 금발은 멀리서도 눈에 띄었다. 표정도 항상 밝고 자신 있는 모습이었기 때문에 나는 그 아이를 볼 때마다 교복 차림의 아이돌 가수 같다는 생각이 들었다. 정확히 어떤 아이돌인지는 잘 모르겠지만 그 아이와 닮은 아이돌 가수를 어디선가 본 것 같다. 사실 나는 아이돌에 대해서 잘 모른다. 그런 쪽은 별로 관심이 없다.

아무튼 그날은 3월 초의 어느 날이었다. 나는 교실 맨 뒤 창가 자리에 앉아서 수학 시간에 멍하니 창밖을 내다보고 있었다. 사실 아무 생각도 안 하고 있었던 건 아니고 나의 평생의 숙원인 무한히 위대한 소설에 대해서 생각하고 있었다. 그러다가 마침 괜찮은 아이디어가 떠올라서 교과서 위에 펼쳐 둔 구상 공책에 그 생각을 열심히 적었다. 그러느라 담임이 내 옆으로 다가오는지도 몰랐다.

담임이 내 공책을 휙 낚아챘다.

"이태용, 수업 시간에 낙서하는 건 여전하네?"

나는 깜짝 놀라서 고개를 들었다.

"너 이제 2학년이야. 정신 차려야지!"

모두들 내게 시선을 돌렸다. 나는 저쪽 자리에 앉아서 나를 보는 승현이와 눈이 마주쳤다.

"죄송합니다."

내가 중얼거렸다.

"죄송하면 다야? 이건 압수야."

"네? 그건……."

내가 뭐라고 하기도 전에 담임은 내 구상 공책을 들고 교탁으로 걸어갔다.

이런 젠장. 나는 입술을 깨물었다. 하필이면 담임한테 걸릴 게 뭐람. 중년의 통통한 아줌마인 최정연은 1학년 때도 나를 맡았던 담임 선생님이었다. 나는 깐깐한 성격의 담임을 좋아하지 않았다. 나는 1학년 때도 수업 시간에 책을 읽거나 작품을 구상하다가 최정연한테 걸려서 혼나기 일쑤였는데, 이번에도 최정연의 반이 된 것이다. 정말 운이 좋지 않았다.

종이 울리고 수업이 끝나자 담임은 내 구상 공책을 가지고 반을 나가 버렸다.

아, 진짜 짜증 나네.

승현이가 내 자리로 다가왔다.

"너 아까 빼앗긴 게 구상 공책이지?"

"응."

"큰일이네."

승현이는 내 꿈이 작가라는 것도, 내 인생의 궁극적인 꿈이 무한히 위대한 소설을 쓰는 것이라는 것도 알고 있었다. 그리고 내가 그것을 얼마나 간절히 바라는지도 잘 알고 있었다.

"또 최정연의 반이 되었으니까 조심했어야지."

승현이의 말에 나는 멋쩍게 웃었다.

"그러게 말이다. 있다가 점심시간에 가서 돌려 달라고 해야겠어."

"쉽게 안 줄걸. 담임 성격이 되게 까다롭잖아."

"아무래도 싹싹 빌어야겠군."

승현이가 내 등을 토닥거렸다.

"앞으로는 조심 좀 해."

"그러게. 고마워."

점심을 먹은 직후 나는 교무실로 갔다. 마침 최정연은 자리에 앉아 있었다. 나는 머뭇거리며 담임에게 다가갔다.

"저기, 선생님."

담임이 고개를 돌렸다.

"이태용? 무슨 일이야?"

"저기…… 아까 수업 시간에 가져가신 제 공책 돌려주시면 감사하겠습니다."

담임은 얼굴을 찡그리더니 서랍에서 갈색 공책을 꺼냈다.

"이거 말이냐?"

"네."

담임은 의외로 순순히 공책을 나에게 내밀었다.

"받아."

"감사합니다."

내가 공책을 받고 고개를 숙인 뒤 돌아서는데 담임이 나를 불렀다.

"태용아, 잠깐만."

담임은 옆에 있던 의자를 가리켰다.

"여기 좀 앉아 봐. 얘기 좀 하자."

나는 의자를 끌어당겨 담임 앞에 앉았다.

"너 언제까지 그렇게 살래?"

"네?"

"언제까지 그렇게 공부는 안 하고 수업 시간에 딴짓이나 할 거냐고. 내가 보기에 너 같은 놈이야말로 진짜 나쁜 놈이야."

담임은 집게손가락으로 내 얼굴을 위협적으로 가리키며 말했다.

"너처럼 머리는 좋은데 공부를 안 하는 놈들. 너 같은 놈들이 제일 나쁜 놈들이라고. 똑똑한데 왜 공부를 안 해?"

"저 머리 안 좋은데요."

"내가 보면 알지 인마. 넌 네 좋은 머리를 공부는 안 하고 쓸데없는 데 썩히고 있어. 머리가 나빠도 열심히 공부하면 좋은 대학을 갈 수 있는데, 너처럼 머리 좋은 애가 열심히 공부하면 얼마나 대단한 데를 가겠냐? 안 그래?"

'아, 또 시작이네.'

나는 기분이 착잡해졌다.

"너 이제 고2야. 미친 듯이 공부해도 부족할 때라고."

뭘 미친 듯이 해? 나는 한심한 표정을 감추려 애썼다.

"너 목표 대학은 있냐?"

나는 고개를 저었다.

"목표 대학이 없어? 허 참, 이거 아주 한심한 놈이네. 사람이 목표가 있어야 할 거 아니냐. 하루하루 열심히 살아야 하는 이유가 있어야 할 거 아니냐고."

물론 나에게는 살아야 할 이유가 있다. 하지만 담임에게 그 얘기를 하면 담임의 잔소리가 더 심해질 것 같아서 나는 입을 다물고 있기로 했다.

담임은 딱하다는 표정으로 내 얼굴을 잠시 응시하다가 물었다.

"너 대학에 갈 마음은 있냐?"

"사실 없어요."

"뭐?"

"없어요."

나는 어깨를 으쓱했다.

"대학에 별로 가고 싶지 않아요."

그 말에 담임은 기가 차다는 듯 입을 딱 벌렸다.

"왜 대학에 가고 싶지 않은데? 어디 그 이유나 한번 들어보자."

"이유가 없어서 가고 싶지 않다는 거예요. 제가 대학에 가야 할 이유가 없으니까요."

그렇게 말한 뒤 나는 재빨리 덧붙였다.

"물론 대학에 가면 좋은 점도 있겠죠. 배우는 것도 많을 테고, 친구도 사귈 수 있을 테고. 근데 선생님이 말씀하신 것처럼 미친 듯이 공부할 만큼 그 두 가지가 저에게는 그렇게 간절하지 않아요."

"간절하지가 않아?"

"네. 대학이 나쁘다는 게 아니라, 대학에 가면 좋긴 한데 지금 이렇게까지 고생해서 가야 할 만큼 대학이 저에게는 꼭 필요하지 않은 것 같아요."

"이런…… 멍청한 녀석."

담임이 혀를 찼다.

"지금 그게 고등학생이 할 소리냐? 대학이 필요 없어?"

"저에게는 개인적으로 꼭 필요하지 않다는 뜻이에요."

"그러니까 그게 그 말이잖아. 넌 어떻게 그렇게 세상 물정을 모르니? 이거 똑똑한 놈인 줄 알았는데 지금 보니까 아주 어리숙한 녀석이었네."

"그럼…… 대학을 왜 가야 하는 건데요?"

나는 조심스럽게 물었다.

"대학을 왜 가야 하냐고?"

담임은 한숨을 푹 쉬더니 말을 이었다.

"대학을 가야 많은 기회를 얻고 네가 하고 싶은 일을 할 자유와 힘이 생기는 거야. 대학 안 가도 사는데 별로 지장은 없어. 그런데 네가 네 꿈을 펼치고 네 인생에서 다양한 가능성을 실현할 수 있는 기회가 크게 줄어든다고."

나는 말없이 고개를 주억거렸다. 하지만 담임은 그런 내 모습을 보고 더욱 짜증스럽다는 표정을 지었다.

"내 말이 틀렸다고 생각하지?"

"아니요, 어느 정도 맞다고 생각해요."

"어느 정도가 아니라 절대적으로 옳은 거라고! 대학을 가느냐 안 가느냐가 네 삶의 질을 정하는 거라니까!"

나는 다시 고개를 주억거렸다. 솔직히 말하면, 나는 진심으로 담임의 말이 어느 정도 일리가 있다고 생각했다. 하지만 내 인생에 적용하고 싶은 생각은 없었다.

담임은 그런 내 생각을 꿰뚫어 봤는지 의자를 끌어당겨 나한테 얼굴을 바짝 들이댔다.

"좋아, 네가 아직도 대학의 필요성을 실감하지 못하는 것 같은데, 그럼 내가 좀 더 이해하기 쉽게 설명해 줄게. 너 우리 반 급훈이 뭔지 알지? 내가 직접 만든 급훈 말이야."

"네."

"말해 봐."

"지금 공부하면 미래의 배우자 얼굴이 바뀐다."

나는 내가 말하면서도 어처구니가 없었지만 그런 내색을 하지 않으려 애썼다. 담임은 내 말에 고개를 끄덕였다.

"그래, 그게 진실이야. 네가 지금 공부를 열심히 해야 좋은 대학을 갈 수 있는 것이고, 좋은 대학을 가야 좋은 직장에 들어갈 수 있는 것이고, 좋은 직장에 들어가야 돈을 많이 벌 수 있는 거야. 그리고 돈을 많이 벌어야 예쁘고 몸매 좋은 여자를 만날 수 있는 거라고. 야, 예쁜 여자들이 돈도 못 벌고 가난한 남자를 만나 줄 것 같냐? 어림도 없어. 너도 예쁜 여친을 사귀고 싶을 거 아니야?"

"그래서 결국 여자 때문에 대학에 가야 한다는 거예요?"

"그렇지. 그리고 그 외에도 돈을 많이 벌고 높은 자리에 올라가면 네가 하고 싶은 걸 뭐든지 할 수 있어. 그러려면 일단 좋은 대학을 나와야 해. 근데 개똥 같은 대학을 나오잖아? 그럼 직

장이나 지위나 다 개똥 같은 것만 주어지는 거야! 한번 생각해
봐라. 지금 잠깐 놀고 남은 평생을 가난하고 찌질하게 사는 거
랑, 지금 몇 년만 고생해서 열심히 공부하고 남은 평생을 떵떵
거리고 살 수 있는 거랑, 둘 중에 뭐가 더 합리적이냐? 넌 머리
가 좋으니까 알 거 아냐? 말해 봐, 어느 쪽이 더 합리적이야?"

"음, 후자?"

"그렇지!"

담임이 무릎을 탁 쳤다.

"이제야 좀 말이 통하네. 네가 생각하기에도 그게 더 합리적
이고 올바른 선택 같지? 그러니까 지금 힘들어도 조금만 참고
공부하라 이거야. 그렇게 하면 네가 죽을 때까지 평생 잘 먹고
잘 살 수 있어. 예쁜 여자는 덤이고."

담임은 의기양양한 표정을 지으며 고개를 젖혔다.

"이제 좀 이해가 돼?"

"근데 전 여자 때문에 대학에 가고 싶지는 않은데요."

"아오, 진짜."

담임은 인상을 찌푸리며 중얼거렸다.

"진짜 답답하네. 여자뿐만이 아니라니까. 네가 인생에서 얻

을 수 있는 모든 게⋯⋯."

"무슨 말씀인지 알아요. 근데 전 그게 그렇게 간단한 문제가 아니라고 생각해요. 좋은 대학을 나온다고 해서 갖고 싶은 모든 걸 다 쉽게 가질 수 있는 것도 아니고, 각각의 것들을 성취하기 위해서는 다 각자 나름의 노력을 해야죠. 중요한 건 자기가 원하고 필요한 것에 맞는 노력을 해야 하는 거잖아요. 근데 제가 바라는 것을 얻는 데 있어서 대학이 저한테 반드시 필요하지는 않아요."

담임은 나를 물끄러미 쳐다봤다. 나는 담임의 시선이 불편해져서 눈을 돌렸다.

"너 여자친구 있냐?"

갑자기 담임이 불쑥 물어보는 바람에 나는 조금 당황했다.

"네?"

"여자친구 있냐고."

"아니요."

"여자친구 사귀고 싶지?"

"아니요."

"아니라고?"

"네."

"거짓말하지 마. 네 나이 때는 하루 종일 머릿속에 여자 생각밖에 없는 거 잘 알고 있어."

거짓말 아닌데. 내 머릿속에는 하루 종일 무한히 위대한 소설에 대한 생각뿐이었다.

"네가 여자라면, 대학도 똥통 같은 곳 나오고, 직장도 별 볼일 없고, 차도 싸구려 국산차 타고, 돈도 못 버는 가난한 남자랑 사귀고 싶겠냐?"

나는 말없이 담임을 빤히 바라보았다.

"그런 루저 같은 남자들은 죽을 때까지 예쁜 여자 근처에도 못 가고 늙어 죽는 거란다. 반면 돈과 지위를 가진 당당한 승리자들이 미녀를 차지하는 거지. 이건 여자도 마찬가지야! 좋은 대학 나오고 돈 많이 버는 성공한 여자들이 차은우 같은 남자를 만날 수 있는 거야. 네가 지금 여자 생각하고 딴생각하는 시간에 공부를 하잖아? 그럼 네 상상 속의 여자를 나중에 현실에서 만날 수 있어."

"근데 전……."

나는 조심스럽게 말했다.

"전 지금 여자랑 뭐 하고 싶은 마음이 없어요."

"마음이 없어?"

"네."

진심이었다. 나는 지난 몇 년 동안, 특히 지난 일 년 동안 너무 힘들고 피곤해서 여자 같은 걸 생각할 여유가 없었다. 그래서 나는 담임의 말이 점점 더 짜증스러워졌다.

담임은 잠시 물끄러미 내 얼굴을 바라보다가 물었다.

"왜 그렇게 무기력하니?"

나는 마음속으로 말했다.

'너 같은 인간들 때문에.'

나는 공책을 들고 반으로 돌아왔다. 아직 점심시간이 한참 남아 있어서 교실에는 애들이 절반 정도밖에 없었다. 아마 운동장에서 놀거나 교정을 거닐면서 수다를 떨고 있을 것이다. 교실에 있는 아이들도 삼삼오오 모여서 대화를 나누고 있었다.

나는 창가 옆 내 자리에 털썩 주저앉았다. 담임에게 실컷 헛소리를 듣고 와서 피곤했다.

"태용아, 어떻게 됐어?"

승현이가 내 옆으로 다가왔다. 나는 미소를 지으며 공책을 들어보였다.

"순순히 돌려받았지."

"오, 담임이 웬일이야? 평소라면 공부를 열심히 해야 하는 이유를 자세히 설명했을 텐데."

"사실 그 얘기도 듣고 왔어."

그러자 승현이는 웃음을 터뜨렸다.

"역시 그럴 것 같았다. 점심시간 아직 많이 남았는데 나가서 농구나 할래?"

"그럴까……."

나는 창문으로 고개를 돌렸다. 운동장에는 아이들로 가득했다. 날이 좋아서 나가 놀기도 좋은 날씨긴 했다.

"아냐, 오늘은 그냥 쉴게. 오늘따라 좀 피곤하네. 미안한데 오늘은 다른 애들이랑 농구하면 안 될까?"

"야, 아는 애가 있어야 같이 농구를 하자고 하지."

승현이가 내 옆자리에 앉으며 웃었다.

"그래도 네가 같이 하자고 하면 다들 흔쾌히 할 텐데."

"아니야, 나도 그냥 오늘은 반에 있으려고. 요즘은 무슨 책

읽냐?"

나는 책상 서랍 안에 넣어 둔 책을 꺼내 보여줬다. 승현이가 제목을 읽었다.

"《픽션들》?"

"응. 보르헤스라는 작가가 쓴 책이야."

"처음 듣는 작가인데."

"책이 좀 어렵지만 은근히 재미있더라고."

"무슨 책을 읽는다고?"

갑자기 누군가가 말을 걸어서 나와 승현이는 앞을 올려다보았다. 금발 단발머리 여자애가 우리 앞에 서 있었다.

"작가가 누군데?"

그 애가 갑자기 말을 거는 바람에 나와 승현이는 살짝 당황해서 서로 얼굴을 마주 봤다. 승현이가 대답했다.

"보르헤스라는 작가래."

그 말에 금발이 눈을 치켜뜨며 말했다.

"호르헤 루이스 보르헤스."

"어, 아는구나."

나는 살짝 놀라서 말했다.

"응. 나도 좋아하는 작가거든."

"오, 그래?"

승현이가 놀란 웃음을 지으며 말했다.

"너도 책 많이 읽나 보네. 태용이랑 잘 통하겠다. 태용이는 하루 종일 책을 끼고 살거든."

"그런 것 같더라. 넌 수업 시간에나 쉬는 시간에나 항상 책을 읽던데?"

나는 말없이 고개를 끄덕였다. 금발머리 여자애는 호기심으로 가득한 눈을 깜박이며 나를 응시하고 있었다.

일 년 동안 복도에서 자주 마주쳤고, 같은 반이 된 지 일주일 정도 되었지만 내가 애랑 대화를 하는 건 이번이 처음이었다. 나는 그 아이의 가슴에 달린 이름표를 읽었다.

"너 이름이 민경서구나."

마침 승현이도 이름표를 읽었는지 말했다.

"응, 반가워. 넌 승현이구나."

민경서가 승현이에게 손을 내밀었다. 승현이는 웃으면서 악수를 했다. 경서는 나에게도 손을 내밀었다.

"네 이름은 이태용?"

"응…… 안녕."

나는 부끄러워하면서 경서가 내민 손을 잡았다. 그 아이의 손은 가녀리지만 힘이 있었다. 경서가 내 손을 놓은 뒤 말했다.

"처음 봤을 때부터 너희 둘이 눈에 띄었어."

"왜?"

승현이가 물었다.

"너희 둘이 붙어 다니는데 둘 다 개성이 강하잖아. 너희 둘은 마치, 뭐랄까, 미녀와 야수 같아."

나는 그 말에 얼굴을 붉혔다. 미녀와 야수. 우리 둘을 표현하기에 그럭저럭 적절한 비유였다. 승현이는 키가 크고 잘생긴 반면 나는 키가 작고 못생긴 말라깽이였기 때문이다. 내가 꿈꾸는 소설은 무한히 위대한 예술 작품인 반면 나의 외모는 볼품없기 짝이 없었다. 가끔 거울을 볼 때마다 나도 내가 참 못생겼다고 생각한다. 반면 승현이는 남자인 내가 보기에도 정말 잘생긴 친구였다. 피부가 하얗고 갸름하면서도 이목구비가 아주 뚜렷해서 얼굴에서 광채가 나는 것만 같았다. 만들다 만 것 같이 생긴 내 얼굴과 승현이의 얼굴은 너무 대비되어서 나도 가끔은 내가 승현이랑 같이 다녀도 되나 싶을 정도였다. 비록 나는 야수보다는 찐따에 가까웠지만, 어쨌든 승현이는 확실히 미남이 었으니 미녀와 야수보다는 미남과 찐따라고 하는 게 더 잘 어울릴 것 같았다.

경서의 말에 승현이가 웃음을 터뜨렸다.

"하하, 태용이가 예쁘긴 하지."

"아니, 네가 미녀고 태용이가 야수야."

"오, 그래?"

승현이가 내 팔을 쿡 찌르며 웃었다.

"야, 너 여자한테 야수 같다는 말도 듣네? 굉장하구만. 태용이가 무슨 야수 같은데? 호랑이?"

호랑이는 무슨! 병든 원숭이라면 모를까. 하지만 내 기분과는 달리 두 사람은 나를 두고 즐겁게 재잘거렸다. 경서가 말했다.

"호랑이보다는 늑대에 가까워. 고독한 늑대 말이야."

경서가 내 책상에 두 손을 올리고 나를 빤히 들여다보며 말했다.

"왜냐하면 넌 항상 고독하고 쓸쓸해 보이거든."

"하하, 그렇구나."

나는 어색해서 웃으며 말했다.

"살면서 늑대 같다는 말은 처음 들어."

그 말에 경서는 미소를 지었다.

"사람들이 보는 눈이 없네."

"그러게 말이야. 태용이 널 앞으로 새빛고의 늑대라고 불러줄게."

승현이가 함박웃음을 지으며 말했다. 나는 두 사람이 즐거워하는 모습을 보면서 어색하게 웃었다. 승현이가 경서에게 말했다.

"넌 처음 봤을 때 꼭 아이돌 같았어."

"아, 이 머리 때문에? 멋있지? 이런 머리를 하면 내가 꼭 연예인이 된 기분이거든."

"진짜 연예인 같아. 잘 어울려."

승현이가 감탄하며 말했다.

"너네도 염색 한번 해 보는 건 어때? 잘 어울릴 것 같은데?"

"그래? 난 어떤 색이 어울릴 것 같아?"

승현이가 묻자 경서는 검지를 흔들었다.

"넌 뭘 해도 어울려. 존나게 잘생겼잖아. 아마 변발을 해도 어울릴 걸."

"하하! 갑자기 왜 플러팅?"

승현이가 기분 좋게 웃자 경서도 미소를 지었다.

"플러팅이 아니라 객관적인 감상이야. 넌 머리에 무슨 색을 끼얹어도 잘 어울릴 거야."

"에이, 그건 아니지. 퍼스널 컬러라는 게 있잖아."

"너 정도로 잘생기면 어떤 컬러든 다 소화할 수 있어."

"이런, 내 얼굴에 여자 한 명이 또 넘어갔구만."

"약간?"

경서가 고개를 끄덕이며 나에게 시선을 돌렸다.

"넌 어때? 염색해 보고 싶은 생각 없어?"

"나? 나야 뭐…… 난 그런 거 별로 관심 없어서……."

그 말에 경서는 눈을 살짝 가늘게 뜨며 말했다.

"얘 약간 I 같다. 너 I 맞지?"

"응?"

"너 MBTI가 뭐야?"

나는 잠깐 말을 더듬었다.

"아, 그러니까…… 나 MBTI 같은 거 검사 안 해 봐서 잘 모르겠어."

"뭐라고? MBTI를 모른다고?"

경서가 신기하다는 듯 목소리를 높였다. 승현이도 옆에서 거들었다.

"그러게 말이야. 내가 MBTI 한번 해 보라고 여러 번 말했는데, 얘 맨날 까먹어."

"흠. 태용이 너 정말 요즘 보기 드문 아이구나. 그럼 넌 뭐에 관심 있어? 공부는 관심 없지?"

"어떻게 알았어?"

"공부는 안 하고 맨날 책만 읽는 것 같으니까."

그러자 승현이가 음흉한 표정을 지으며 웃었다.

"오, 너 태용이한테 관심이 많나 보네?"

"요즘 들어 관심이 좀 생기더군. 태용아, 왜 공부를 안 하니?"

난 그 질문에 어이가 없어서 경서를 쳐다봤다. 하지만 경서의 표정에는 악의가 전혀 없었기 때문에 나는 솔직하게 대답했다.

"공부하기 싫으니까."

그러자 경서는 웃음을 터뜨렸다.

"나랑 똑같네! 야, 너 나랑 잘 통하네."

그러면서 나한테 손바닥을 내밀었다. 나는 멋쩍게 경서와 하이파이브를 했다. 그러자 승현이가 깔깔거리면서 자기도 손바닥을 내밀었다.

"나도 공부 싫어해."

"오, 너도? 그럼 너랑도 해야지."

경서와 승현이는 짝 하고 손뼉을 부딪혔다.

"우리 셋 다 결정적인 공통점이 있군."

경서가 흐뭇한 표정으로 말했다.

"그래서 태용이 넌 공부 말고 뭐에 관심 있어? 책?"

"음, 뭐, 그렇지."

난 어깨를 으쓱했다. 그러자 옆에서 승현이가 내 어깨에 팔을 두르며 말했다.

"태용이는 꿈이 작가야."

"작가라고?"

"그렇지, 소설가."

그러자 경서는 입을 크게 벌리며 손가락을 튕겼다.

"나도 꿈이 소설가야! 진짜 깜짝 놀랐네. 네 꿈이 작가라니,

너랑 정말 잘 어울린다."

"아…… 고마워."

나는 쑥스러워하며 고개를 끄덕였다.

"그래서 매일 공책에 뭘 적었구나. 혹시 그게 소설을 쓰는 거야?"

"아니, 그건 아니고……. 그냥 뭐, 구상을 하는 거지."

경서는 아주 흥미롭다는 표정으로 고개를 끄덕였다.

"정말 멋있다. 아주 멋있어."

"멋있을 것까지야……."

"있잖아, 너 동아리 들어간 거 있어?"

경서의 물음에 나는 고개를 저었다. 나는 동아리 같은 걸 딱히 하고 싶은 마음이 없었다.

"잘 됐다. 그럼 너도 우리 문학 동아리에 들어와. 내가 문학 동아리를 하고 있거든. 우리 동아리가 사람이 부족해서 내가 항상 주변에 가입하라는 말을 하고 다니는데, 이제 보니까 적임자가 여기 있었네. 너 같은 인재가 우리 동아리에 필요해. 너, 내 동료가 돼라!"

내가 말없이 경서를 쳐다보고 있자 옆에서 승현이가 물었다.

"문학 동아리에서는 뭘 하냐?"

"주로 모여서 시나 소설에 대한 대화를 나누지. 그리고 우린 직접 문학 작품을 창작해. 그래서 자작시나 소설을 읽고 합평을 하지. 아, 또 중요한 게 있어. 우린 연말에 학예회에서 연극도 해."

"연극?"

승현이가 물었다.

"그래. 그것도 우리가 직접 쓴 창작 희곡으로 동아리 회원들이 배우가 되어 연극을 하는 거야."

"와, 그거 진짜 재미있겠는데?"

승현이가 감탄했다.

"문학 동아리 마음에 든다. 나 들어갈래. 태용아, 같이 들어가자."

옆에서 승현이가 내 팔을 잡고 말했다. 하지만 나는 잠시 망설이다가 대답했다.

"음, 나는 좀 별론데."

"왜? 네 꿈이 소설가라며?"

경서가 물었다.

"난 솔직히 동아리 같은 건 별로 하고 싶지 않거든. 특히 문학 동아리 같은 건 더욱 하고 싶지 않고."

"왜?"

"난 책을 읽는 거나 쓰는 거나 둘 다 혼자서 하는 걸 좋아하거든. 그걸 다른 사람과 같이 하고 싶지는 않아."

"에이, 뭘 모르네."

경서가 말했다.

"다른 사람들과 함께 문학에 대한 얘기를 나누면서 너의 지식이 성장하는 거야. 그리고 네가 쓴 글을 다른 사람들이 평가해 주면 네가 더 좋은 글을 쓰는데 도움이 되지."

사실 바로 그것 때문에 난 문학 동아리에 들어가고 싶지 않았다. 실력 있는 작가도 아니고 겨우 고등학생들이 문학에 대해서 뭘 알겠는가? 그리고 무엇보다도 고등학생들이 쓴 시시한 시나 소설을 읽고 무엇을 얻겠는가? 그런 것들은 무한히 위대한 작품을 쓰는데 도움이 되기는커녕 시간 낭비일 뿐이었다. 나는 그런 생각을 솔직하게 말하려다가 말았다. 그러면 경서의 기분을 상하게 할 것 같았다.

"난 그냥 나 혼자서 글 쓰고 책 읽는 걸 좋아해."

"어허, 뭘 모르시네!"

경서가 나에게 얼굴을 바짝 들이대며 말했다.

"네가 우리 동아리에 들어오는 건 선택 사항이 아니야. 네 의무라고."

나는 어이가 없어서 웃고 말았다.

"그게 왜 의무야?"

"그렇다면 그런 줄 알아! 너네 둘 다 우리 동아리에 들어와라. 우리와 한 배를 타는 거다."

"난 좋아."

승현이가 흔쾌히 대답했다.

"태용아, 너도 같이 가입하자. 재미있을 거야."

나는 내키지 않았지만 두 사람의 기분을 상하게 하고 싶지 않았다. 그래서 할 수 없이 대답했다.

"그래, 그럼 들어갈게."

"좋았어!"

경서가 내 어깨를 두드렸다.

"그럼 마침 내일 모임이 있으니까 점심시간에 나랑 같이 동아리실로 가자. 다들 너희를 보면 기뻐할 거야. 특히 태용이 넌,

범상치 않아. 너한테서 천재 작가의 포스가 흘러. 《스타워즈》 봤지? 오비완 케노비가 아나킨을 보자마자 비범한 포스를 가졌다는 걸 직감하잖아."

"하하, 그럼 태용이가 나중에 악당이 되는 거야?"

승현이가 웃으면서 말을 이었다.

"근데 네가 제대로 봤어. 태용이는 진짜로 천재 작가거든. 글을 진짜 잘 써."

나는 그 말에 어이가 없었지만 내가 뭐라 말하기도 전에 경서가 다시 손가락을 튕겼다.

"역시! 그럴 줄 알았어. 내 눈은 틀리지 않아. 태용아, 와서 우리 동아리를 박살내라."

"긴장해라, 태용이가 간다."

승현이의 말에 두 사람은 낄낄거렸다. 나도 그 상황이 웃겨서 함께 웃었다.

무한과 사랑

다음 날 경서는 나와 승현이를 데리고 동아리실로 향했다. 나는 고등학교에 입학한 이후로 동아리실이 모여 있는 복도에는 거의 와 본 적이 없었다. 동아리실 안에 들어가는 것도 이번이 처음이었다.

"여기가 문학 동아리실이야."

경서가 복도 가운데에 있는 문 앞에 서서 말했다.

"그럼 들어가자."

경서가 문을 열자 나와 승현이도 따라 들어갔다.

문학 동아리실은 그리 넓지는 않았지만 깨끗했다. 방 안에는 소파가 하나 놓여 있고 가운데에 둥근 탁자가 하나 있었다. 그리고 우리가 들어갔을 때는 사람 넷이 그 탁자 주변에 둘러 앉아 있었다.

"여러분, 안녕하십니까."

경서가 손을 흔들며 말했다.

"제가 새로운 회원을 데리고 왔습니다. 그것도 둘이나!"

나와 승현이에게 사람들의 눈길이 꽂혔다. 그 순간 나는 헉하고 숨이 막혔다.

너무나 예쁜 여자아이가 나를 보고 있었던 것이다.

그 아이는 찰랑거리는 검고 긴 머리에 갸름하고 하얀 얼굴과 크고 긴 눈매를 갖고 있었다. 그 아이는 그 크고 긴 눈에 호기심을 담고 나를 응시하고 있었다.

나는 얼굴이 달아오르는 걸 느껴서 재빨리 고개를 돌렸다. 하지만 가슴이 너무 크게 뛰었다. 내 심장이 쿵쾅거리는 소리를 다른 사람이 들을 수 있을 정도였다.

'내 심장이 왜 이렇게 뛰는 거지?'

나는 그 아름다운 아이에게 다시 조심스럽게 시선을 돌렸다. 그 아이는 나를 잠깐 보다가 내 옆에 서 있는 승현이를 뜯어보고 있었다.

"오, 두 명이나 데려왔다고?"

탁자에 앉아 있던 덩치 큰 남자애가 일어나며 말했다.

"역시 경서야. 우리 동아리의 에이스."

"오빠, 내가 말했지? 내가 우리 동아리를 키울 거라고."

경서와 그 남자애가 말하는 소리를 들으며 나는 그 예쁜 애한테서 눈을 떼지 못했다.

정말 너무 예뻤다. 내 평생 살면서 그렇게 예쁜 여자는 처음 봤다. 그 아이는 귀여운 듯하면서도 동시에 성숙해 보이는 신비로운 인상이었다. 나는 계속 심장이 뛰어서 심호흡을 했다.

"반가워, 애들아. 자기소개 한 번씩 부탁할게."

덩치 큰 남자애의 말에 승현이가 고개를 숙이며 말했다.

"안녕하세요, 2학년 3반 지승현이라고 합니다. 만나서 반갑습니다. 앞으로 동아리 활동 열심히 하겠습니다."

사람들이 다들 박수를 쳤다. 그 예쁜 아이도 박수를 쳤다.

"지승현? 이름도 멋있다. 정말 잘생겼네."

남자애의 말에 승현이는 멋쩍은 웃음을 지었다.

"그럼 다음 친구는?"

그 말에 나는 정신이 들었다. 나는 더듬거리며 말했다.

"네, 저도 2학년 3반입니다. 이름은 이태용이라고 합니다. 안녕하세요."

그 말과 함께 고개를 숙이자 다시 사람들이 박수를 쳐 줬다. 요정처럼 예쁜 아이가 나를 보며 환하게 웃으면서 박수를 치자 나는 얼굴이 화끈 달아올라서 고개를 숙였다.

"태용이도 정말 반가워. 그럼 셋 다 같은 반이야?"

덩치 큰 애의 말에 경서가 고개를 끄덕였다.

"그렇지. 우리 반에서 제일 멋있는 두 사람을 내가 데려왔어."

그러면서 경서는 우리 두 사람에게 고개를 돌렸다.

"자, 이번에는 내가 동아리 회원들을 소개할게. 이쪽은 오충혁 오빠. 3학년이고 우리 동아리 회장이야."

경서가 덩치 큰 소년을 가리키며 말했다. 나는 충혁이 형이 푸근한 판다 같다고 생각했다.

"이쪽은 박단비. 2학년이야. 아주 냉정한 평론가지."

경서가 가리킨 방향에는 인상이 날카로운 마른 여자애가 앉아 있었다. 한 눈에 보기에도 호락호락하지 않은 성격 같았다. 단비라는 아이는 나를 노골적으로 위아래로 훑어보고 있었다.

"그리고 이 친구는 1학년 김민지. 우리 동아리의 귀여운 막내."

"안녕하세요."

체구가 작고 안경을 쓴 여자애가 일어나서 인사했다.

"그리고 마지막으로 이 친구는,"

경서의 말에 나는 마른 침을 삼켰다.

"권아름이라고 해."

아름이구나. 이름도 정말 아름답다.

"2학년이야. 우리 동아리의 비주얼 담당이지."

그 아이가 손을 흔들며 웃었다.

"안녕."

그 아이는 목소리도 정말 예뻤다. 나는 다시 얼굴이 붉어지는 걸 느꼈다.

"자, 새로 온 친구들 정말 환영해요. 우리 동아리에 정말 잘 왔어."

충혁이 형이 기분 좋게 웃으며 말했다. 나는 그 말이 아름이가 나한테 하는 말처럼 느껴졌다.

그 후에 동아리실에서 무슨 대화가 오고 갔는지는 잘 기억이 나지 않는다. 점심시간이 끝나고 반으로 돌아온 후에도 나는 권아름이라는 아름다운 소녀만을 계속 생각했다.

정신을 차려보니 그날의 수업이 다 끝났다. 가만히 앉아 있는 나에게 승현이가 다가와서 어깨를 툭 쳤다.

"태용아, 뭐 해? 가자."

그러더니 승현이는 고개를 숙여 내 얼굴을 들여다보았다.

"너 아까부터 왜 그러냐? 넋이 나간 것 같네."

"응? 아, 아무것도 아니야."

그때 금발의 경서가 우리에게 다가왔다.

"뭐 하냐? 집에 안 가고."

"태용이가 이상해. 아까부터 계속 귀신에 홀린 것 같은 표정이야."

경서가 나에게 시선을 돌렸다.

"흠, 그러고 보니 아까부터 말이 없는 것 같긴 한데. 태용아, 무슨 일 있어?"

"그게, 그러니까……."

나는 머뭇거리며 말했다.

"나 아무래도 사랑에 빠진 것 같아."

"하긴, 아름이가 예쁘긴 하지."

경서가 고개를 끄덕였다.

우리 셋은 학교 근처에 있는 카페에 앉아 있었다. 내가 사랑에 빠진 것 같다고 하자 두 사람은 깜짝 놀라서 소리를 질렀다. 특히 경서는 제자리에서 팔을 휘두르며 펄쩍펄쩍 뛰었다.

"누군데! 누구랑 사랑에 빠진 건데!"

"쉿, 조용히 해!"

나는 경서와 승현이를 끌고 반을 나왔다.

"나가서 이야기해. 여긴 듣는 사람도 많잖아."

교문을 나올 때까지 두 사람은 계속 나에게 누구를 좋아하냐고 캐물었다. 나는 대답을 해야 하나 말아야 하나 망설이다가 근처에 있는 카페에 들어온 뒤 어렵게 털어놓았다.

"아름이?"

내 말에 경서의 눈이 휘둥그레졌다. 그러더니 곧 얼굴 전체에 아주 음흉하고 신이 나는 표정이 떠올랐다.

"하하하, 그래. 아름이가 예쁘긴 하지. 태용이 너, 확실히 보는 눈이 있구나."

"아름이가 누구더라?"

승현이가 묻자 경서가 핀잔을 줬다.

"아까 소개해 줬잖아. 우리 동아리에서 제일 예쁜 애."

"그 머리 긴 애?"

"맞아. 걔 진짜 예쁘지 않냐?"

"음, 그런 것 같기도 하고."

승현이가 고개를 주억거렸다.

"태용이 너, 그런 스타일을 좋아하는구나."

"넌 어때? 넌 아름이 같은 스타일 안 좋아해?"

경서의 말에 승현이는 웃음을 지었다.

"오늘 처음 봤잖아. 처음 보자마자 내가 좋아하는 스타일인
지 아닌지를 어떻게 아냐?"

"아니, 첫인상을 딱 보면 느껴지는 게 있잖아. 태용이를 봐,
첫눈에 반했잖아."

"그런 거야? 태용아, 첫눈에 반했어?"

승현이의 물음에 나는 고개를 끄덕였다.

"그런 것 같아."

"세상에!"

승현이가 놀라서 외쳤다.

"태용이 네가 여자한테 첫눈에 반하다니. 진짜 신기하다."

"왜? 얘 게이야?"

경서가 물었다.

"아니, 나는 게이는 아니야. 근데 지금까지 누군가를 좋아해 본 적이 한 번도 없거든. 나도 이런 적이 처음이라서 좀 당황스 럽네."

"와우, 이거 정말 드라마틱하네."

경서가 활짝 웃으며 말했다.

"아주 만족스러워. 내가 데려온 친구가 우리 동아리에서 첫 눈에 반하다니."

"그러게. 네가 사랑의 메신저인 거지."

승현이도 맞장구쳤다. 내가 물었다.

"아름이라는 애는 어떤 애야?"

"착하고 좋은 친구지."

경서가 대답하자 승현이가 물었다.

"아름이는 글 잘 써?"

"그건 아니야. 글은 딱히 잘 쓰지 않아."

"아쉽네. 글까지 잘 썼다면 태용이의 완벽한 짝이 됐을 텐데."

"야, 사람이 어떻게 모든 게 완벽할 수가 있냐. 아름이는 이미 얼굴만으로 완벽한데 그런 것까지 기대하지 마."

"아니 그래도 문학 동아리에 있으니까 글 솜씨도 중요하지."

승현이와 경서가 티격태격하는 동안 내가 말했다.

"근데 솔직히 나도 잘 모르겠어. 이게 정말로 좋아하는 감정일까? 난 지금까지 한 번도 누군가를 좋아해 본 적이 없어서 이게 좋아하는 감정이 맞는지 잘 모르겠어."

그러자 경서가 혀를 찼다.

"좋아하면 좋아하는 거지, 뭘 그렇게 복잡하게 생각하냐? 너 아름이를 보고 무슨 생각이 들어?"

"그냥…… 많이 예쁘다."

"그래, 그럼 좋아하는 거야."

"근데 너도 아름이를 예쁘다고 생각하잖아."

"근데 지금 너처럼 숨도 못 쉴 정도로 예쁘다고 느끼지는 않아."

경서가 깔깔거리며 말했다.

"지금 네 표정을 너도 봐야 하는 건데 말이지."

"내 표정이 어떤데?"

승현이가 대답했다.

"누가 봐도 사랑에 빠진 표정이야."

그러면서 경서와 승현이는 동시에 키득거렸다. 나도 웃고 싶어서 어색하게 웃어 보려고 했지만 웃음이 나오지 않았다.

"얘들아, 그만 웃고 빨리 생각 좀 해 봐. 어떻게 해야 아름이랑 사귈 수 있을까?"

그러자 경서가 검지를 들며 말했다.

"간단해. 내일 가서 상남자답게 고백해."

"뭐라고?"

"봐 봐, 아름이를 딱 이렇게 벽에다 세우는 거야. 그리고 한 손으로 벽치기를 하면서 고백을 갈기는 거야."

"뭐라고 갈기면 되는데?"

경서가 한 손으로 벽을 치는 시늉을 하며 말했다.

"넌 이제 내 거다."

그러자 승현이가 인상을 썼다.

"그게 도대체 뭐야. 여자들은 그런 직설적인 고백 안 좋아 해."

그 말에 경서가 팔짱을 끼며 거만하게 말했다.

"지승현, 여자에 대해서 네가 더 잘 알겠냐, 내가 더 잘 알겠냐?"

"이제 보니까 내가 더 잘 아는 것 같아. 여자들은 그런 식으로 공격하듯이 고백하는 걸 좋아하지 않아. 적어도 내 경험으로는, 어떤 여자랑 사귀고 싶으면 가서 고백을 갈기는 것보다는 조금씩 천천히 좋은 관계를 만들어 나가야 돼."

경서가 검지를 흔들었다.

"이런, 이런. 넌 여자에 대해서 너무 모르는군. 여자들은 태용이처럼 한 마리의 고독한 늑대 같은 스타일을 좋아해. 그리고 세상에 어떤 늑대가 조금씩, 천천히 관계를 만드냐? 태용아, 내일 당장 상남자답게 고백을 때려 박아라."

"그럼 안 된다니까! 그랬다간 아름이가 질색할 거야."

"잠깐만, 잠깐만."

나는 두 사람을 제지했다.

"너희 둘이 이렇게 의견이 다르면 어떡해? 누구 말이 맞는 거냐고."

"당연히 내 말이지. 승현이는 여자 마음을 너무 몰라."

"태용아, 얘는 사랑의 메신저는 될지언정 사랑의 조언자는 절대 못 되는 것 같다. 내 말을 들어. 아름이에게 조금씩 잘해 주면서 천천히 호감을 쌓는 거야."

"천천히? 하지만 난……."

나는 머뭇거리며 말했다.

"아름이와 빨리 친해지고 싶은데."

"그렇지, 바로 그게 문제야."

경서가 말했다.

"지금 태용이의 가슴이 사랑으로 불타고 있는데 거기다 대고 천천히 호감을 쌓으라고? 승현아, 너 불난 집에 갇힌 사람이 구해 달라고 했을 때도 그렇게 말할 거냐? '서두르지 마세요, 천천히 생각해 봅시다'."

"나 참, 지금 당장 고백하지 않으면 타 죽는 것도 아니잖아."

"근데 있잖아, 그런 것도 중요하지만……."

나는 주저하면서 말했다.

"내가 아무리 잘해 준다고 해도 아름이가 날 좋아할까?"

"왜?"

두 사람이 동시에 물었다.

"왜냐면, 그러니까…… 음…… 난 키도 작고, 또……."

나는 머뭇거리며 말했다.

"얼굴도 별로잖아."

그 말에 경서와 승현이는 서로 마주 봤다.

"내가 아무리 잘해 준다고 해도 아름이같이 예쁜 애가 날 좋아하지는 않을 것 같아. 차라리 승현이처럼 키 크고 잘생긴 애를 좋아한다면 몰라도."

그러자 경서가 탁자를 탁 치면서 말했다.

"태용아, 지금 그게 무슨 말이야? 너 정도면 충분히 잘생겼어."

"맞아, 잘생겼어."

승현이도 거들었다. 경서가 말을 이었다.

"그리고 네가 어떻게 생겼는지가 중요한 게 아니라, 네가 네 얼굴을 어떻게 생각하는지가 더 중요한 거야!"

"그래? 그런 거야?"

"당연하지! 바보 같으니, 그것도 몰라? 네가 너 자신을 멋지다고 생각하면 그 누구도 너를 못생겼다고 할 수 없어."

"음, 정말 좋은 말이다. 근데 나도 그렇게 생각하고 싶긴 한데, 진짜로 못생겼는데 어떻게 자신을 잘생겼다고 생각하니?"

"사람은 자기가 생각하는 대로 사는 거야."

경서가 내 눈을 들여다보며 진지하게 말했다.

"넌 충분히 잘생겼어. 그러니까 자신감을 가져도 돼."

"솔직히 그건 아닌데……."

"태용아, 기죽지 좀 마."

승현이가 내 어깨를 잡고 흔들었다. 하지만 나는 서글픈 기분이 들었다. 빛나는 외모를 가진 이 두 사람은 내 기분을 절대로, 절대로 이해하지 못할 것이다. 나는 그냥 힘없이 웃으면서 대답했다.

"알겠어. 둘 다 고마워."

"고맙기는."

경서가 금발을 흔들며 머리를 흔들었다. 승현이도 옆에서 말했다.

"태용아, 내 말대로 해. 내일부터 아름이한테 티나지 않게 조금씩, 하지만 기억에 남을 만한 호의를 보여 줘. 참, 아름이 남친 있냐?"

"없어."

경서의 말에 나는 놀라서 물었다.

"그렇게 예쁜데 왜 남자친구가 없어?"

"그거야 나도 모르지. 네가 한번 물어봐."

"에이, 그걸 내가 어떻게 물어봐……."

"네가 그걸 자연스럽게 물어보면 아름이가 남친이 없는 이유를 말하겠지. 그럼 그 이유를 네가 채워 주면 될 거 아냐. 안 그래?"

그날 집에 돌아와서도, 그리고 학원에 가서도 나는 계속해서 아름이 생각을 했다. 정말 이상한 기분이었다. 살면서 한 번도 느껴본 적이 없는 기분이었다. 그날만큼은, 나는 무한히 위대한 소설에 대해서 생각하지 않았다. 학원 수업에도 집중이 안 됐고, 소설 구상에도 집중이 되지 않았다. 나는 혼란스러워졌다. 이런 적은 처음이었다.

학원이 끝난 뒤 나는 집에 돌아와 현관문을 열고 들어갔다. 엄마가 설거지를 하다가 나를 돌아보았다.

"태용이 왔어?"

"네."

나는 내 방에 들어가 문을 닫고 책상에 턱을 괴고 앉았다. 하루 종일 머리가 어지러워서 진정을 시켜야 했다.

나는 벽에 붙은 거울로 시선을 돌렸다. 그러자 키가 작고 못생긴 아이 한 명과 눈이 마주쳤다. 나는 혀를 찼다.

"정말 못생겼군."

난 왜 이렇게 못생긴 걸까? 승현이는 키도 크고 잘생겼는데, 난 왜 이 모양일까? 나는 한숨이 나왔다.

문득 어제 담임이 한 말이 생각났다. 예쁜 여자를 만나려면 좋은 대학에 들어가야 한다는 말. 좋은 대학에 들어가면 아름이와 사귈 수 있을까? 내가 서울대에 입학하면 아름이가 갑자기 나한테 반하기라도 한단 말인가? 젠장, 만약 그럴 수만 있다면 잠도 자지 않고 공부할 텐데. 하지만 내가 명문대에 들어갔다고 해서 아름이가 나를 갑자기 좋아할 것 같지는 않았다. 그건 정말 우스꽝스러운 일이었다.

나는 책가방에서 갈색 공책을 꺼냈다. 그리고 공책을 쓰다듬다가 자리에서 일어나 책장 한가운데에 꽂아 둔 열한 권의 두꺼운 공책들을 손으로 천천히 훑었다. 무한히 위대한 소설에 대한 아이디어가 떠오를 때마다 적어 둔, 내가 평생을 쓴 공책들이었다. 나는 그 공책들을 한동안 바라보았다.

만약에 내가 무한히 위대한 소설을 쓰는데 성공한다면, 그때는 아름이가 날 좋아해 줄까?

모르겠다. 아름이가 어떤 애를 좋아하는지 지금으로서는 알 수가 없었다. 나는 문득 웃음이 나왔다. 내가 온종일 아름이 생각을 하고 있다는 걸 아름이는 전혀 모를 것이다. 우린 아까 잠깐 만난 게 전부니까. 아마 아름이는 내 얼굴은 물론 이름마저 잊어버렸을지도 모른다. 대신 승현이는 기억하겠지. 승현이는 키가 크고 보기 드물게 잘생겼으니까.

나도 모르게 한숨이 나왔다. 나도 승현이처럼 키가 크고 잘생겼으면 좋겠다. 사실 이런 생각이 처음은 아니었다. 하지만 지금처럼 간절한 적은 없었다. 성형이라도 할까? 근데 솔직히 얼굴에 칼 대는 건 좀 꺼려지는데.

이런 젠장! 그러니까 나는 왜 이렇게 태어난 거야. 나는 우울한 마음에 다시 의자에 주저앉았다.

나는 구상 공책들을 보면서 계속 아름이와 초라한 나 자신에 대해서 생각했다. 왜 그 공책들을 보는데 자꾸 그런 생각이 드는 것인지 나도 알 수가 없었다.

장점과 단점

문학 동아리의 다음 모임이 있는 날, 나는 매점에서 초콜릿 여러 개를 사서 동아리실로 들어갔다. 동아리실 안에는 이미 경서와 승현이를 포함해 모든 사람이 다 앉아 있었다. 그리고, 아름이도 있었다.

나는 애써 평온한 표정을 지으며 말했다.

"제가 초콜릿을 사 왔어요. 다들 하나씩 드세요."

내가 초콜릿을 꺼내서 한 명씩 나눠 주자 사람들이 탄성을 질렀다.

"오, 마침 단 게 땡겼는데. 역시 태용이, 센스 있어."

경서가 말했다. 충혁이 형은 고맙다고 하며 초콜릿을 받았고,

민지도 공손하게 두 손으로 초콜릿을 받았다. 인상이 날카로운 단비에게 초콜릿을 내밀자 단비는 그걸 힐끗 보더니 중얼거렸다.

"내가 좋아하는 건 아니네."

나는 두근거리는 마음으로 아름이에게 초콜릿을 내밀었다. 그러자 아름이는 환하게 웃으며 말했다.

"고마워. 잘 먹을게."

그 말을 듣자 나는 기분이 날아갈 것만 같았다. 사실 아름이에게 그 말을 듣기 위해서 이 많은 초콜릿을 다 산 것이다. 더 정확히 말하면, 아름이한테 주기 위해서 이 모든 초콜릿을 산 것이다. 아름이한테만 초콜릿을 줄 용기가 나지 않았기 때문이다.

승현이는 그런 내 마음을 눈치챘는지 뭔가를 알고 있다는 미소를 지었다.

"그럼 이걸 먹으면서 오늘은 민지가 쓴 소설을 합평해 보자."

충혁이 형의 말에 나는 가방에서 소설을 출력한 종이를 꺼냈다. 민지가 어제 문학 동아리 카페에 업로드한 파일을 출력한 것이었다.

나는 동아리실에 오기 전에 아까 교실에서 민지의 소설을 읽어 봤다. 민지가 쓴 소설은 두 고등학생 남녀의 사랑을 다룬 짧은 단편소설이었다. 나는 이 소설을 읽다가 나도 모르게 주인공 소녀에게 아름이를, 소년에게는 나를 대입해서 상상했다. 하지만 소설이 워낙 짧았기 때문에 그 상상은 오래 유지되지 않았다.

"자, 다들 소설은 읽어 왔지? 먼저 민지가 이 소설의 창작 후기를 얘기해 줘."

충혁이 형의 말에 민지는 긴장한 얼굴로 입을 열었다.

"네, 이 소설은 제가 오래전부터 구상했던 이야기인데요, 저는 청소년의 사랑을 다룬 이야기를 써 보고 싶었습니다. 그래서, 음……. 그렇습니다."

"네 경험담이니?"

경서가 묻자 민지는 재빨리 고개를 저었다.

"아, 그건 아니에요."

"흠, 물론 자기가 직접 한 경험이 아니라도 얼마든지 좋은 소설을 쓸 수 있지."

경서의 말에 민지는 살짝 긴장이 풀린 듯했다. 충혁이 형이 말했다.

"그럼 한 명씩 돌아가면서 감상평을 얘기해 보자. 누가 먼저 할래?"

"내가 먼저."

경서가 손을 들었다.

"일단 읽으면서 가장 눈에 띄었던 건 감정 묘사가 아주 섬세하고 좋다는 거야. 단어 선택이 적절하고 문장이 매끄럽게 느껴졌어. 예전부터 말했던 거지만 민지가 아주 문장을 잘 쓴단 말이지."

그 말에 민지는 얼굴을 붉히며 미소를 지었다.

"하지만 조금 아쉬운 부분도 있어. 서사가 좀 더 뚜렷했으면 더 좋았을 거야. 예전에도 몇 번 지적했지만, 민지가 쓴 소설은 감정 묘사와 문체는 섬세하고 좋은데 서사가 약해. 소설 속에서 별다른 사건이 일어나지 않아서 줄거리가 희미하게 느껴져."

"아, 그, 그렇군요."

민지가 재빨리 고개를 끄덕였다.

"하지만 괜찮아. 예전보다 점점 발전하는 게 느껴져."

경서가 민지에게 웃어 보이며 말했다.

"내 감상은 여기까지."

"좋아, 경서의 깔끔한 평가였어. 다음으로 누가 얘기해 볼래?"

충혁이 형이 초콜릿을 한 입 베어 물며 물었다.

"새로 온 친구들이 한번 말해 볼래?"

그 말에 나랑 승현이는 서로를 마주 봤다. 승현이가 팔꿈치로 내 팔을 건드렸다.

"네가 먼저 해."

나는 종이를 뒤적이며 할 말을 찾았다.

"음, 저는 그러니까……."

사실 내가 하고 싶었던 말은 경서가 앞에서 다 해 버렸다. 경서의 말처럼 별다른 줄거리가 없는 이런 짧은 소설에서 나는 딱히 깊은 인상을 받지 못했다. 깊이 있게 분석할 만한 것은 더욱 없었다.

"경서가 한 말처럼 문장을 잘 쓴 것 같아요."

나는 그렇게 입을 열었다.

"그리고 또……."

"문장을 잘 쓰긴 무슨."

내 앞에서 팔짱을 끼고 있던 박단비가 내뱉었다.

"김민지, 내가 여러 번 말했지만 너의 단점은 결코 개선되지 않는구나. 이건 그저 겉만 번지르르하고 알맹이는 전혀 없는 소설이야. 이런 건 엄밀히 말해서 소설이라고 말할 수도 없어. 소설에 내러티브가 없잖아. 내러티브가 없는데 어떻게 소설이라고 할 수 있겠어?"

박단비의 날카로운 말에 민지의 얼굴이 빨개졌다.

"그, 그런가요?"

"그래, 몇 번을 말하냐? 문장도 그래. 경서는 네가 문장을 잘 쓴다고 하지만 난 그 생각에 동의할 수 없어. 이런 식으로 예쁜 단어를 나열한다고 해서 좋은 문장이 되는 게 아니야. 좋은 문장은 간결하고 명료해야 돼. 근데 이건 그냥 멍청한 애들이 인스타에 끼적거리는 감성 글과 다를 게 없잖아. 요즘은 이런 글로 범벅이 된 가벼운 책들이 서점에 흔한데, 네 글도 그런 것들과 다를 게 전혀 없어. 너도 그런 시시한 책들을 많이 읽지? 네 글에서 그런 티가 많이 나."

그러자 민지의 눈에 눈물이 고였다. 분위기가 순식간에 무거워졌다. 충혁이 형이 재빨리 제지했다.

"단비야, 말이 너무 심하다. 민지도 나름대로 열심히 쓴 글이 잖아."

"그러니까 더 문제라는 거야. 열심히 쓴 결과물이 이 정도라 고? 그럼 소설에 전혀 재능이 없다는 거잖아."

그 순간 민지는 울음을 터뜨리며 동아리실을 뛰쳐나갔다. 나는 당황해서 민지가 나가고 반쯤 열린 문을 잠시 바라보았다.

"박단비, 또 시작이네."

경서가 짜증스럽다는 목소리로 말했다.

"너 그런 식으로 인신공격하지 말라고 했지? 작품에 대한 비평만 하라고 했잖아."

"이게 작품에 대한 비평이야. 그럼 못 쓴 걸 솔직히 못 썼다고 하지, 뭐라고 해?"

"못 썼다고 말하지 말고 '약간 부족한 부분'이나 '아쉬운 부분'이라고 표현해도 되잖아."

"웃기고 있네."

단비가 콧방귀를 뀌었다.

"그런 식으로 오냐오냐해 주면 필력은 절대 늘지 않아. 못 쓴 글은 못 썼다고 분명히 얘기해야지. 무슨 '부족한 부분'이냐?

그런 듣기 좋은 말은 남친한테 들으라고 해. 나는 쟤 애인이 아니야."

"단비야, 넌 정말 피도 눈물도 없구나."

경서가 한심하다는 표정으로 말했지만 단비 역시 같은 표정을 지으며 민지의 소설을 손가락으로 두드렸다.

"너야말로 문학이 장난 같냐? 난 이런 열등한 글이나 읽으려고 문학 동아리에 들어온 게 아니야."

허허, 열등한 글이라니. 나는 실소가 나왔다. 박단비는 처음 봤을 때부터 인상이 좋지 않았지만 막상 겪어 보니 생각보다 훨씬 재수 없는 아이였다.

"그만, 그만."

충혁이 형이 손을 저었다.

"우리끼리 싸우지 말고. 단비가 한 말도 일리가 있긴 하지만 말이 너무 심했어. 그리고 무엇보다도 태용이가 말할 차례였잖아. 단비 네가 태용이 말을 끊은 건 확실히 실례한 거야."

"흠, 그건 사과하지."

단비가 나를 보며 말했다.

"하지만 이런 수준 낮은 글을 가지고 여러 사람이 돌아가면서 말할 거리가 있을까? 딱히 말할 것도 없는 것 같은데."

자기가 말이 제일 많았으면서 말할 게 없다는 건 무슨 소리야? 나는 그렇게 생각하며 슬쩍 아름이에게 시선을 돌렸다. 아름이는 고개를 숙인 채 민지의 소설을 훑어보고 있었다.

"야, 남이 열심히 쓴 글을 그렇게 함부로 폄하하지 마."

경서가 나무랐다.

"네가 뭐 얼마나 대단한 천재라고 그런 식으로 말을 하냐. 그리고 설령 천재라고 해도 그런 말을 할 자격이 있는 건 아니야."

"다시 한번 말하지만 나는 객관적인 비평을 한 거야. 이 정도 비판도 견디지 못하면 글을 쓰지 말아야지."

"그럼 다음 소설은 네가 써보는 게 어때?"

"싫은데?"

"왜?"

"아직 쓸 만한 소재가 없어."

"하하, 비겁한 변명입니다."

"변명이 아니라 진짜인데?"

두 사람이 입씨름을 하는 사이에 충혁이 형이 끼어들었다.

"자, 그만하고. 오늘 태용이가 달콤한 초콜릿을 사 와서 분위기가 화기애애할 줄 알았는데, 단비의 날카로운 비판에 민지가 나가 버렸으니 합평을 하는 건 더는 의미가 없겠다. 글을 쓴 사람이 없으니까 우리끼리 얘기하는 것도 좀 그렇잖아?"

"그럼 이제 뭐 하지?"

라고 단비가 묻는 것을 보고 나는 어이가 없었다. 진짜 뻔뻔하네. 자기가 분위기를 깨 놓고 이제 뭘 할 거냐고 묻다니.

"글쎄, 다음에는 누가 작품을 써 올지 정해 볼까? 그렇지, 새로 온 친구들이 한번 써 보는 게 어때?"

그러면서 충혁이 형은 나와 승현이를 보며 미소를 지었다.

"승현이랑 태용이 둘 중에 한 명이 써 볼래?"

그 말에 나랑 승현이는 서로를 마주봤다. 그런데 내가 뭐라고 말을 하기도 전에 갑자기 승현이가 먼저 대답을 했다.

"태용이가 글을 진짜 잘 써요."

"오, 그래?"

"네, 태용이는 천재에요."

뭐라는 거야! 나는 기겁했다. 하지만 승현이는 진지함과 묘한 흥분이 뒤섞인 얼굴로 말을 이었다.

"태용이는 어렸을 때부터 천재로 유명했어요. 그렇지, 경서야?"

그러자 경서도 재빨리 말을 받았다.

"맞아, 태용이는 천재지."

"진짜? 천재라고?"

충혁이 형이 물었다. 내 앞에 앉은 단비도 눈을 치켜뜨더니 승현이와 나를 번갈아 봤다.

"근데 별로 천재처럼 보이지 않는데."

"당연하지. 원래 천재는 천재가 알아보는 거니까."

경서의 말에 단비는 기분이 상한 듯했다. 나는 재빨리 말했다.

"저 천재 아니에요. 저는 별로⋯⋯."

그런데 그 순간 나는 아름이와 눈이 마주쳤다. 아름이는 커다란 눈에 흥미를 담고 나를 빤히 바라보고 있었다.

정말 예쁘다⋯⋯.

아름이와 눈이 마주치자 나는 짜릿한 감정을 느꼈다.

아름이가 물었다.

"태용이 너, 정말 그렇게 글을 잘 쓰니?"

난 말문이 막혀 몇 초 동안 눈만 깜박였다. 아름이의 눈은 나에 대한 호기심으로 반짝이고 있었다.

만약 내가 아니라고 한다면 저 반짝이는 눈빛은 순식간에 꺼질 것이다. 나는 도저히 아니라고 할 수가 없었다.

"응."

나는 고개를 끄덕였다.

"부끄럽지만 사실이야."

그리고 다음 순간 터져 나온 탄성에 나는 정신이 번쩍 들었다.

"오, 대단한데!"

충혁이 형이 박수를 한 번 치며 외쳤다.

"진짜 잘 쓰긴 하나 보다."

"그렇다니까. 잘 쓰는 정도가 아니라고. 태용이는 천재야. 소설의 천재."

경서가 맞장구치자 단비가 의심스럽다는 눈으로 나를 빤히 응시했다. 마치 허점이 보이는 순간 먹이를 집어 삼키려는 호랑이 같았다. 나는 갑자기 등에서 식은땀이 흐르는 걸 느꼈다.

"좋아, 다음 소설은 태용이가 쓰는 걸로 하자. 정말 기대되는 걸?"

충혁이 형의 말에 나는 어색하게 미소를 지으려 했지만 입술에서 살짝 경련이 일었다. 하지만 그 순간 아름이와 다시 눈이 마주쳤다.

놀랍게도 아름이는 감탄 어린 표정이었다. 나는 꿈을 꾸는 것만 같았다.

"좋아요. 기대하세요."

내 입에서 이런 말이 흘러나왔다.

"어떤 장르로 써 올까요?"

그 말에 누구랄 것도 없이 단비를 제외하고 모두가 탄성을 질렀다.

"자신감이 장난이 아니다."

충혁이 형이 말했다. 승현이가 옆에서 내 어깨에 팔을 두르며 말했다.

"태용이는 뭐든지 최고예요. 그렇지만 제일 잘 쓰는 분야가 따로 있긴 할 텐데……."

그러면서 내 귀에 대고 속삭였다.

"뭘로 쓸 거야?"

사실 나도 몰랐다. 나는 지금까지 한 번도 소설을 써 본 적이 없었기 때문이다. 초등학생 때부터 무한히 위대한 소설에 대해 구상 공책을 채웠지만, 그 공책들은 아이디어가 떠오를 때마다 특별한 질서도 없이 마구 던져 놓은 생각들로 가득 찬 창고에 가까웠다. 나는 제대로 된 소설은 한 번도 써 본 적이 없었다.

"추리소설 어때?"

경서가 말했다.

"너 보르헤스 좋아하잖아. 보르헤스도 추리소설을 썼거든. 왠지 너랑 추리소설이 잘 어울려."

"보르헤스가 누구야?"

충혁이 형이 묻자 단비가 끼어들었다.

"아르헨티나의 유명한 작가잖아. 그것도 몰라?"

"하하, 그렇구나. 그럼 추리소설로 써 볼래?"

충혁이 형이 물었다. 그런데 내가 뭐라고 대답을 하기도 전에 단비가 말했다.

"그러지 말고 SF는 어때? 요즘 SF가 대세잖아. SF를 얼마나 잘 쓰는지를 보면 그 작가의 지적 수준을 알 수 있지."

그건 네 생각이지. 하지만 나는 입을 다물고 있었다.

"아니면……."

그때 아름이가 말했다.

"청소년 소설은 어때?"

"청소년 소설?"

내가 되물었다.

"그래. 민지가 쓴 글처럼 청소년의 이야기를 다룬 거 말이야."

네가 그걸 쓰라면 써야지. 나는 그렇게 말하려고 했다. 하지만 그 순간 나는 그보다 더 멋진 대답을, 아름이가 감탄할 만한 대답을 떠올렸다.

"그럼 셋 다 써 볼게요."

"뭐라고?"

모두가 되물었다.

"세 편이나 쓰겠다는 거야?"

경서가 물었다.

"아니. 세 가지 장르를 합쳐서 하나의 소설로 써 볼게요."

그러자 충혁이 형이 입을 쩍 벌렸다.

"세상에, 그게 가능하겠어?"

"네."

승현이도 놀란 것 같았지만 재빨리 내 어깨를 살짝 흔들었다.

"좋은 생각이야. 태용이한테 그 정도는 아무것도 아니에요. 기대하셔도 좋아요."

아름이의 얼굴에 놀라움과 감탄의 표정이 어렸다.

"태용아, 너 진짜 대단하다."

아름이의 말에 나는 어색하게 웃으며 중얼거렸다.

"고마워."

"대단한지 아닌지는 글을 써 와야 알지."

단비가 말했다. 단비는 이 상황이 다소 못마땅한 모양이었다.

"여러 가지 장르들을 섞는 건 누구나 할 수 있는 일이야. 그걸 수준 높게 잘하는 게 중요한 거라고."

"걱정하지 마라. 태용이는 천재라고 했잖아."

경서가 검지를 흔들며 말했다.

"박단비, 태용이가 네 코를 납작하게 해 줄 거다. 어디 태용이가 쓴 글도 그렇게 깔 수 있는지 보자."

"웃기고 있네."

단비는 그렇게 내뱉으면서도 불편한 표정이었다. 나는 불안감과 공포가 가슴속에서 점점 번져가는 걸 느꼈다. 하지만 동시에 흥분과 설레는 마음도 커져만 갔다. 아름이가 존경의 눈빛으로 나를 보고 있었기 때문이다.

"야, 일이 커졌다."

반으로 돌아오면서 승현이가 말했다.

"너도 눈치챘겠지만 네가 멋진 작품을 써서 아름이한테 점수를 딸 수 있도록 내가 살짝 밀어 본 거야. 근데 일이 많이 커졌네."

"천재라는 말은 하지 말지."

내가 힘없이 웃으면서 말했다.

"너 천재 맞잖아."

경서가 말했다.

"아니라고. 난 소설을 한 번도 써 본 적이 없어."

"그럼 맨날 공책에 적는 건 뭐야?"

"그건 그냥 구상이야. 아이디어가 생각날 때 틈틈이 적는 거지, 그걸 소설이라고 할 수는 없어."

"어쨌거나 넌 하루 종일 소설 생각을 하는 사람이잖아. 그게 중요하지."

"아, 미치겠네."

반으로 들어오면서 나는 머리를 감싸 쥐었다.

"너네 때문에 큰일 났다. 이제 어떻게 하면 좋아?"

"어떡하긴, 끝내주는 걸 써야지."

승현이의 말에 경서가 고개를 끄덕였다.

"맞아. 존나 개쩌는 걸 써 보라고. 읽자마자 뻑 가 버리는 소설. 있잖아, 혹시 그런 거 본 적 있어? 내가 예전에, 태어나서 처음으로 콜라를 마신 아기의 반응을 찍은 유튜브 영상을 본 적이 있거든? 걔 표정이 아주 예술이더라. 한 모금 마시고 아주 좋아 죽는 거야. 너도 그런 걸 써. 딱 읽자마자 너무 재미있고 훌륭해서 충격 받을 수밖에 없는 소설 말이야."

"그런 게 그렇게 쉽게 뚝딱 나오는 줄 아냐? 그런 대단한 작품은……. 위대한 작가들도 평생에 한두 번 쓸까 말까 한 거야. 근데 난 소설을 한 번도 써 본 적이 없고, 시간도 일주일밖에 없잖아."

나는 손으로 이마를 짚었다.

"일주일 안에 개쩌는 걸 어떻게 쓰지?"

"그건 네가 생각해야지."

경서가 실실 웃으면서 말했다. 옆에서 승현이가 말했다.

"아까 아름이 표정 봤냐? 완전 감동한 표정으로 널 보더라. 마치 차은우를 보는 것 같은 표정이었어."

"어, 그러고 보니 좀 닮은 것 같은데?"

경서가 내 얼굴을 들여다보며 말했다.

"저리 가. 너네는 날 도와주려고 했는지 모르겠지만 난 큰일 났어."

"걱정은, 시간이 일주일이나 남았잖아."

경서가 말했다.

"낙관적으로 생각하라고. 일주일이면 아주 긴 시간이야. 일주일 안에 추리, SF, 청소년물의 장르를 합친 죽이는 작품을 써 보라고. 넌 할 수 있어."

"뭘 근거로 내가 할 수 있다고 생각하는 거야?"

"넌 아름이를 좋아하잖아. 사랑의 힘은 무엇이든 극복할 수 있어."

나는 나를 바라보던 아름이의 표정을 떠올리며 한숨을 쉬었다. 승현이가 말했다.

"태용아, 너무 부담 갖지 말고 네가 쓰고 싶은 걸 자유롭게 써 봐. 내가 한 가지 충고를 하자면, 완벽한 걸 쓰려고 하지 마."

"완벽한 걸 쓰지 말라고? 하지만……."

"세상에 완벽한 건 없어. 완벽한 작품을 쓰려고 하면 일주일이 아니라 올해가 다 갈 때까지 한 글자도 쓰지 못할 거야."

"그럼 어떻게 해야 해?"

"네가 평소 하던 대로 해."

승현이의 잘생긴 얼굴에 미소가 번졌다.

"네가 좋아하는 일을 하라고. 네가 쓰고 싶은 걸 써. 넌 항상 네가 하고 싶은 걸 하잖아."

난 그 말에 반박할 수가 없었다. 부모님이나 선생님이 아무리 공부를 하라고 다그쳐도, 난 항상 딴생각에 파묻혀 있는 아이였으니까.

"네가 하고 싶은 걸 해야 잘 할 수 있겠지. 난 개인적으로 자잘한 단점이 많더라도 한 가지 강력한 장점이 있는 작품이 더 좋다고 생각해. 너도 그렇게 해 봐. 시간이 일주일밖에 없으니까 단점이 없는 작품을 쓰려고 하지 말고, 강력한 장점 한 가지를 가진 소설을 써 봐."

창작

그날 집에 와서도, 학원에 가서도, 내 머릿속은 너무 뜨거워서 터질 것만 같았다. 훌륭한 소설을 써야 한다. 재수 없는 박단비가 태클을 걸지 못할 만큼 훌륭한, 아름이가 감탄할 만큼 훌륭한, 내가 천재라는 승현이와 경서의 말이 허풍이 되지 않을 만큼 훌륭한 소설을. 추리와 SF가 혼합된 청소년 소설을 말이다.

세 가지나 되는 장르를 가진 소설을 어떻게 쓰지? 아무리 노력해도 생각이 나지 않았다. 나는 학원이 끝나고 집에 오자마자 서가에 꽂아 둔 열한 권의 구상 공책을 꺼내 뒤적거렸다. 소설로 쓸 만한 좋은 아이디어를 찾기 위해서였다.

하지만 아무리 뒤적거려도 이거다 싶은 건 없었다. 나는 초조하게 공책을 넘기다가 다음 공책을 집어 들었고, 그러다가 그냥 공책을 내려놓았다.

'정말 미치겠네.'

나는 방 안을 서성이면서 생각을 떠올리기 위해 애썼다. 지금까지 내가 봤던 소설이나 영화가 머릿속을 스쳐갔다. 그중에서 괜찮은 아이디어를 고르기 위해서 나는 내 머릿속의 도서관과 영화관을 빠르게 훑었다. 하지만 좋은 생각을 떠올리려고 애쓸수록 아무 생각도 들지 않았다.

"태용아?"

그때 문이 열리면서 엄마가 방 안으로 들어왔다.

"뭐 해?"

"아, 그게…… 숙제하는 중이에요."

엄마는 구상 공책들이 펼쳐진 채 어지러운 책상 위를 의심스럽다는 눈으로 쳐다보며 물었다.

"숙제하는 거 맞아? 저건 네가 낙서하는 공책이잖아."

"서가를 정리하느라 잠깐 꺼낸 거예요."

엄마는 손에 들고 있던 작은 접시를 책상 위에 올려놓았다.

접시에는 사과 몇 조각이 담겨 있었다.

"쓸데없는 생각 그만하고 공부나 해."

"알겠어요."

엄마가 나가자 나는 포크로 사과를 하나 찍어 씹었다. 그러다가 다시 책상 앞에 앉아서 구상 공책을 치우고 다른 공책을 꺼내 펼쳤다.

나는 샤프펜슬로 공책에 단어 세 개를 적었다.

추리

SF

청소년 소설

이렇게 적은 다음에 나는 공책을 손으로 톡톡 두드렸다. 그러다가 각 단어들의 옆에 그 단어와 관련해 떠오르는 것들을 적었다.

추리 - 살인, 범죄, 탐정, 경찰.

SF - 로봇, 시간여행, 미래, 외계인, 우주선.

청소년 소설 - 학교, 교복, 성장, 시험.

나는 이렇게 몇 가지 단어들을 쓰다가 손이 멈췄다. 더 이상 아무것도 생각이 나지 않았다.

나는 포크로 사과를 하나 더 찍어서 입에 넣었다. 그리고 내가 적은 단어들을 골똘히 들여다보며 생각에 잠겼다.

'추리소설하면 가장 중요한 소재는 살인 사건이지. SF하면 떠오르는 대표적인 이미지는 로봇이고. 청소년 소설의 일반적인 배경은 학교야.

그렇다면…… 이 세 가지를 합쳐 본다면?'

나는 '살인', '로봇', '학교' 이 세 개의 단어에 동그라미를 쳤다. 그런 다음 세 가지 동그라미를 선으로 연결했다.

'이 세 가지를 합치면 어떤 게 나오지? 음…… 학교에서 로봇이 살인을 저지르는 이야기?'

이거 나쁘지 않네. 어떤 학교에서 살인사건이 일어난다. 그런데 범인이 로봇인 거다. 탐정은 살인을 저지른 로봇을 뒤쫓는다…….

근데 그 로봇은 왜 살인을 저질렀을까?

그런 생각을 하다가 나는 고개를 흔들었다. 좀 억지스럽다. 애초에 로봇이 왜 살인을 하고, 왜 학교에서 살인이 일어나는 가?

나는 포크를 내려놓고 샤프로 공책에 직선을 몇 개 그리다가 문득 승현이가 했던 말을 떠올렸다.

'완벽한 작품을 쓰려고 하지 마. 자잘한 단점들이 있어도 강력한 장점 한 가지가 있는 작품이 더 좋은 거야.'

그래, 단점보다 장점에 집중하자. 나는 샤프로 동그라미를 친 단어들을 따라 다시 선을 그렸다.

학교에서 살인을 저지른 로봇. 나는 이 소재가 마음에 들었다. 그렇다면 그 로봇은 왜 살인을 한 걸까? 학교에서 누굴 죽인 걸까? 교사를 죽였나? 아니면 학생을? 학생을 왜 죽인 거지?

잠깐, 그 전에 먼저, 학교에 로봇이 왜 있는 거지? 그야 뭐, 이 건 SF니까. 아니 그러니까, SF인 건 알겠는데 그래서 이 학교에는 왜 로봇이 있는 거냐고.

로봇이 선생님인가 보지.

순간 나는 정신이 번쩍 들었다.

로봇이 학생들을 가르치는 학교가 있는데, 그중 한 로봇이 학생을 살해한 것이다.

상당히 흥미로운 줄거리였다. 나는 로봇이라는 단어 밑에 썼다.

로봇 교사가 학생을 살해한다. 왜?

이유가 뭘까? 로봇 교사가 학생을 죽여야 할 이유가 뭘까? 일반적으로 로봇은 사람을 돕고 보호하는 게 목적이잖아.

어쩌면 그 로봇이 학생을 죽인 게 아닐 수도 있어. 학생은 다른 사람이 죽였는데, 그 로봇은 학생을 죽였다는 누명을 쓴 거야. 세상에, 그럼 대체 누가 로봇에게 누명을 씌운 거지? 왜 누명을 씌운 거지?

잠깐만, 로봇이 살인 누명을 썼다면 경찰서에 가서 자기는 무고하다고 하면 될 것 아닌가? 살인을 저지른 건 내가 아니고 다른 사람이에요. 전 억울한 로봇이라고요.

하지만 그렇게 말할 수 없는 사정이 있을지도 몰라.

생각이 꼬리에 꼬리를 물고 이어졌다.

나는 밤새 잠을 자지 못했다. 자려고 누웠다가 다시 일어나서 방 안을 거닐었다. 그러다가 다시 누웠고, 다시 일어나 앉아서 생각을 이어나갔다.

결국 나는 그날 한숨도 자지 못하고 날을 새 버리고 말았다. 나는 학교에 가서 내 자리에 앉자마자 책상 위에 엎드렸다.

하지만 잠이 오지 않았다. 피곤했지만 내 정신은 형형히 살아서 날뛰고 있었다. 내 머릿속에서는 《로봇 교사》에 대한 아이디어가 계속해서 달리고 있었다.

세 가지 장르를 섞는다면 그 장르들을 섞어야 하는 이유가 있을 것이다. 그러기 위해서는 세 장르의 장점이 잘 결합되어 소설의 매력을 극대화시키는 방향으로 글을 써야 한다.

수업 시간이 지나고 쉬는 시간에도 나는 생각에 잠긴 채 자리에 앉아 있었다. 승현이와 경서가 내 자리로 다가왔다.

"태용아, 어제 잠을 잘 못 잤나? 다크서클이 심하네."

경서가 말을 걸자 나는 한 손을 들었다.

"잠깐만, 나 지금 생각 중이야."

"무슨 생각?"

"소설에 대한 좋은 생각이 났어."

그러자 승현이가 작게 소리쳤다.

"뭔가 왔구나!"

"맞아. 그러니 오늘은 날 방해하지 말아 줘. 미안해."

경서와 승현이가 시선을 교환했다. 경서가 말했다.

"알겠어. 혹시 우리 도움이 필요한 게 생기면 뭐든지 말해."

"그럴게. 고마워."

두 사람은 수군거리면서 내게서 멀어졌다. 나는 그 두 사람의 등을 보면서 생각에 잠겼다.

저 친구들처럼 활발하고 재미있는 성격을 가진 캐릭터를 만들어야겠어. 경서처럼 쾌활하고 밝은 성격이면서도 나름대로 생각이 깊고, 승현이처럼 착하고 멋진 인물을 말이다.

아냐, 이 모든 성격을 다 한 사람 안에 넣지 말고, 경서와 승현이의 성격을 쪼개서 여러 인물들에게 집어넣자.

경서와 승현이는 점심시간에도 나에게 말을 걸지 않았다. 나는 그들이 나 없이 점심시간에 뭘 했는지 모르겠다. 4교시가 끝나자마자 교실 밖으로 나갔기 때문이다. 나는 밥을 먹지 않고 생각에 잠긴 채 운동장을 산책했다. 그러다가 점심시간이 끝나자 반으로 돌아와서 5교시 수업을 들었다. 영어 선생님이 칠판 앞에서 뭐라고 떠들었다. 당연히 그 목소리가 내 귀에 들어오지 않았다. 나는 멍하니 선생님을 쳐다보다가 5교시를 보냈고, 6교시 수학 시간에는 담임인 최정연이 들어왔다.

담임은 가끔씩 내게 시선을 던졌지만 나는 그날 수업 시간에 소설을 읽거나 구상 공책에 메모를 하지도 않았다. 그저 담임의 얼굴만을 뚫어져라 쳐다봤을 뿐이다. 담임도 나에게 뭐라고 하지 않았다.

'담임은 그다지 본받고 싶은 어른이나 선생님이 아니야.'

나는 담임을 보며 생각했다.

'그러니 내 책의 주인공은 반대로 올바르고 훌륭한 어른이자 선생님으로 만들어야겠어. 하지만 내 책의 주인공은 로봇인데?

그래, 비인간적인 인간들 사이의 인간적인 로봇. 이게 이 작품의 주제야.'

나는 주인공 로봇 교사에게 담임과 같은 수학 교사의 자리를 맡겼다. 그렇게 하니까 로봇 교사의 이름도 쉽게 정해졌다. 나는 수학의 역사에 큰 공헌을 한 사람인 독일의 수학자 가우스의 이름을 따서 나의 로봇 교사의 이름을 가우스라고 짓기로 결정했다.

그날 수업이 끝나고 집으로 오는 동안에도 내 머리는 쉬지 않았다. 나는 내 방에 틀어박혀 공책에 아이디어와 줄거리를 적었다.

SF는 자칫 잘못하면 현실성을 잃을 수도 있었다. 그래서 나는 소설에 현실적인 분위기를 더하기 위해 작품의 배경을 내가 사는 목동으로 하고, 작중에 등장하는 학교도 내가 나온 중학교인 신양중학교로 설정했다.

구상을 하다가 나는 가끔씩 아름이를 떠올렸다. 아름이는 완성된 소설을 읽고 어떤 반응을 보일까? 혹시 실망하지는 않을까? 하지만 나는 그런 생각이 들 때마다 고개를 흔들었다. 지금 그런 걸 생각하면 창작에 방해만 될 뿐이다. 소설을 구상하는 동안에는 소설 생각만 하기로 했다.

나는 소설의 줄거리를 머릿속으로 사흘 만에 완성했다. 그리고 그중 작중에 나오는 추리들을 구상하는데 꼬박 하루를 써야 했다. 복잡하면서도 정교한 추리여야 했기 때문이다.

나흘째 되던 날 아침, 나는 책가방을 메고 집을 나서다가 오늘은 학교에 가지 말아야겠다고 마음먹었다. 학교에 갔다 온 다음에 책을 쓰려면 시간이 부족했다.

나는 집에서 약간 떨어진 곳에 있는 PC방으로 들어갔다. 아침이라 PC방에는 사람이 별로 없었다. 나는 자리에 앉아서 컴퓨터를 켰다. 내가 학교를 빠지고 PC방에 간 걸 알면 엄마는 나를 죽이려고 할 것이다.

다행히 나는 타자 속도가 빨랐다. 나는 PC방에서 하루 종일 문장을 쏟아냈다. 학교에서 1교시가 끝날 무렵 승현이한테서 전화가 왔다.

"태용아, 오늘 학교에 왜 안 왔어?"

"나 지금 소설을 쓰고 있어."

"뭐? 소설 때문에 학교를 빠졌다고?"

승현이가 놀란 목소리로 물었다.

"응. 이거 분량이 상당할 것 같아. 그래서 아마 하루 종일 통화할 시간도 내기 어려울 거야."

승현이는 잠시 침묵하다가 말을 이었다.

"알겠어. 그럼 멋진 걸 써 봐."

"고마워."

나는 전화를 끊고 글을 쓰다가 점심때가 되어 배가 고파지자 컵라면을 하나 사 먹은 뒤 다시 글을 썼다. 그러다가 학교가 끝나고 집으로 돌아갈 시간이 되자 소설 파일을 내 클라우드에 저장한 뒤 책가방을 메고 집으로 돌아갔다. 엄마에게 들키지 않기 위해서였다.

"다녀왔습니다."

나는 시치미를 떼고 집 안으로 들어간 뒤 교복을 갈아입지도 않고 책가방을 바꿔 들고 다시 현관문을 나섰다.

"뭐야, 오자마자 어디 가?"

엄마가 따라 나오며 물었다.

"학원이요. 오늘 학원에서 좀 일찍 오라고 했거든요."

그리고 당연히 나는 학원에 가지 않고 아까 갔던 그 PC방에 갔다. 그리고 다시 컴퓨터를 켜고 자리에 앉아 글을 쓰기 시작했다. 내 주위에는 교복이나 사복 차림의 아이들이 둘러앉아 게임을 하고 있었다. 나는 그 사이에서 열심히 글을 썼다.

밤 10시가 약간 넘은 뒤에야 나는 파일을 저장하고 집으로 돌아갔다. 그때가 학원이 끝나고 집으로 돌아가야 할 시간이었다.

나는 집에 오자마자 쓰러져 잠들었다.

다음 날은 토요일이었기 때문에 학교를 빠질 필요가 없었다. 대신 학원이 두 개가 있었는데, 나는 아침부터 독서실에 가겠다며 집을 나와 PC방에 들어가 계속 글을 썼다. 엄마에게는 독서실에 있다가 점심을 밖에서 사 먹은 다음 집에 들르지 않고 바로 학원에 가겠다고 했지만 당연히 거짓말이었다. 나는 아침부터 저녁까지 쉬지 않고 글을 썼고, 밤 10시 무렵 소설을 완전히 끝낼 수 있었다.

마지막 페이지에 '끝'이라는 글자를 쓴 뒤 나는 몸을 뒤로 젖히고 눈을 감았다. 너무 피곤했다. 당장이라도 책상에 엎드려서 자고 싶었다. 하지만 나는 비척거리며 일어나서 책가방을 메고 집으로 향했다.

"태용이 왔니? 많이 피곤해 보이네."

집에 들어오자 아빠가 말했다. 나는 별일 아니라고 중얼거리며 내 방으로 들어갔다.

하지만 끝난 게 아니었다. 초고를 다 썼으니 이제 퇴고를 해야 했다. 나는 다음 날도 하루 종일 PC방에 죽치고 앉아서 원고를 다듬었다.

그 다음 날인 월요일에도 나는 학교를 가지 않고 PC방에서 퇴근를 했다. 그리고 하교 시간이 되자 집에 들어가 책가방을 바꿔 메고 엄마에게 말했다.

"오늘은 학원 갔다가 바로 독서실에 있다가 올게요."

그리고 엄마가 뭐라고 하기도 전에 집을 나섰다. 시간이 없었다. 오늘 안에 소설을 완성해서 동아리 카페에 업로드해야 했다. 나는 며칠째 출근하고 있던 PC방의 구석 자리에 앉았다.

나의 첫 작품 《로봇 교사》는 이제 거의 완성을 앞두고 있었다. 하지만 부분적으로 손을 봐야 할 곳이 아직 많이 남아 있었다. 대부분은 문장을 매끄럽게 다듬는 작업이었다.

《로봇 교사》는 처음 쓰기 시작할 때 예상했던 것에 비해서 완성된 분량이 엄청나게 길었다. 이렇게 방대한 책을 일주일 만에 썼다는 게 나 스스로도 믿어지지 않았다. 하지만 자축하고 있을 시간이 없었다. 이제 남은 시간이 몇 시간밖에 없었다.

나는 먹거나 마시지도 않고 계속 글을 썼다. 그리고 마침내 밤 11시를 넘겼을 때 간신히 수정을 완료하고 동아리 카페에 완성된 파일을 업로드했다.

"휴, 다 끝났다."

나는 컴퓨터 앞에 엎드렸다. 무거운 짐을 내려놓은 듯한 후련함이 밀려왔다. 나는 엎드린 상태로 아름이를 떠올렸다. 아름이가 이 소설을 읽고 어떤 반응을 보일까? 감탄할까? 아니면 쓰레기 같다고 할까? 젠장, 그러니까 애초에 경서와 승현이가 나를 두고 천재라고 하지 말았어야 했다. '천재'라는 말은 그렇게 쉽게 뱉을 수 있는 단어가 아니었다.

박단비가 자신만만한 표정으로 나를 비웃는 모습이 떠올랐다. 뭐, 천재라고? 하하, 그럼 그렇지. 이런 쓰레기 같은 소설이나 쓰면서 무슨 천재라는 거야?

근데 나는 내가 천재라고 한 적이 없잖아.

하지만 부정하지도 않았지. 아, 모르겠다.

그런 생각으로 머리가 복잡한 상황에서 옆에 놓아둔 휴대폰이 울렸다. 엄마였다. 나는 전화를 받았다.

"여보세요."

휴대폰 너머로 엄마가 가시돋힌 목소리로 물었다.

"야, 너 지금 어디 있어?"

"저 지금 독서실인데."

"이게 어디서 거짓말이야? 내가 지금 독서실에 와서 확인해 봤는데 너 여기 없잖아!"

순간 가슴속이 차가워지는 것 같았다.

"너 그동안 학원도 계속 빼먹었지? 학원에서 전화 왔어. 오늘은 물론이고 며칠 동안 계속 학원을 빠졌다며? 어떻게 그럴 수가 있냐?"

"아, 그게……."

"당장 집으로 와!"

그러고는 엄마는 전화를 끊어 버렸다.

나는 휴대폰을 쥐고 고개를 숙였다. 아, 미치겠네. 어떡하지?

엄마한테 죽었다. 아마 아빠도 알고 있을 것이다. 엄마 아빠 둘 다한테 혼나겠네.

온몸에 힘이 쭉 빠졌다. 소설을 완성하고 느꼈던 후련함은 온데간데없었다. 나는 한숨을 쉬다가 입술을 깨물었다.

"큰일 났네……."

집에 가지 말까? 하지만 집에 안 가면 엄마의 분노는 더욱 커질 것이다. 나는 할 수 없이 책가방을 들고 기운 없이 자리에서 일어났다.

현관문을 열자마자 냉랭한 공기가 뿜어져 나오는 것만 같았다. 나는 주저하면서 집 안으로 들어갔다.

엄마가 거실에 서서 나를 노려보았다. 나는 엄마의 시선을 피하면서 머뭇거리며 신발을 벗고 집 안으로 들어갔다.

"너 어디 갔었냐?"

갑자기 들리는 아빠 목소리에 나는 움츠러들었다. 아빠는 험악한 표정으로 소파에 앉아 있었다.

나는 기어들어가는 목소리로 말했다.

"소설을 써야 했어요."

"뭐라고?"

엄마가 물었다.

"문학 동아리에서 제가 소설을 써야 할 차례였어요. 그래서 PC방에서 소설을 쓰고 있었어요."

"그러니까 지금까지 계속 PC방에 있었다고?"

엄마가 목소리를 높였다. 나는 떨면서 고개를 끄덕였다.

"며칠 동안 계속 학원 빠지고 PC방에 간 거야? 엄마한테는 거짓말하고?"

아빠의 말에 나는 다시 고개를 끄덕였다.

"이런 미친놈!"

엄마가 달려들어서 내 등을 내려쳤다.

"비싼 돈 들여서 학원 보내 놓았더니 PC방이나 가냐? 네가 그러고도 사람이야?"

엄마가 소리를 질렀다.

"이게 대체 뭐 하는 짓이야!"

이런 게 내가 제일 싫어하는 상황이었다. 엄마랑 아빠가 소리를 지르는 것 말이다.

내가 고등학생이 된 이후로 공부에 점점 흥미를 잃고 소설에만 관심을 갖자 엄마와 아빠는 점점 잔소리가 늘어났다. 그리고 내가 말을 듣지 않자 나중에는 거칠게 소리를 질러 댔다. 나는 부모님이 소리를 지르는 게 정말 싫었다. 그래서 가급적 부모님을 자극하는 상황을 피하려고 했지만, 엄마와 아빠는 나에게 점점 자주 소리를 질렀다.

"야, 너 몇 학년이냐?"

아빠가 물었다. 나는 기어들어가는 목소리로 말했다.

"2학년."

"그래, 고2잖아. 근데 학원 빠지고 PC방에서 게임이나 하고 있어?"

"게임 안 했어요. 소설 썼다니까."

"소설 같은 소리 하고 있네!"

아빠가 고함을 질렀다.

"네가 지금 소설 쓸 때야? 하루 종일 공부해도 모자란데 소설이나 쓰고 있어? 야, 이 정신 나간 놈아, 너 진짜 생각이 있는 거야, 없는 거야?"

아빠가 마구 소리를 질러 댔다. 엄마는 그 옆에서 팔짱을 끼고 나를 노려보고 있었다.

"너 그 따위로 살래?"

"알았어요, 진정해요."

"진정하라고?"

아빠가 외쳤다. 그러자 엄마가 내 이마를 쥐어박았다.

"아야, 아파."

하지만 엄마는 아랑곳하지 않고 말했다.

"넌 애가 왜 그렇게 쓰레기 같냐? 나이도 먹을 만큼 먹었는데 엄마한테 거짓말하고 학원이나 빼 먹고. 한심한 새끼. 대학 안 갈 거야?"

"안 가고 싶어."

"뭐?"

"안 가고 싶다고."

그러자 엄마가 입을 딱 벌렸다. 아빠도 소파에서 일어나 나에게 위협적으로 다가왔다.

"지금 뭐라고 했냐?"

"대학 안 가고 싶어요. 딱히 대학을 가야 할 필요성을 못 느끼겠어요."

아빠가 어이가 없다는 표정으로 물었다.

"그럼 네가 대학 안 가고 뭐 할 건데?"

"말했잖아요. 작가가 되고 싶다고."

나는 기어들어가는 목소리로 말했다.

"작가? 소설 쓰고 산다고?"

아빠의 목소리가 더 거칠어졌다.

"네."

"야, 웃기는 소리 하지 마. 작가를 해서 먹고 살 수 있을 것 같아? 작가들 열에 아홉은 돈 못 벌어서 굶는 게 현실이야. 넌 왜 그렇게 현실을 모르냐?"

"아니 그건 뭐…… 내가 알아서 할게요."

"네가 뭘 알아서 하는데? 네가 알긴 뭘 알아? 그리고 네가 작가를 하든 뭘 하든 일단 대학부터 간 다음에 생각해."

"저는 갈 필요가 없다니까요."

"뭐가 필요가 없어!"

아빠가 다시 소리를 질러서 나는 움찔했다. 엄마도 옆에서 외쳤다.

"우리가 지금까지 너한테 들인 돈이 얼마인지 알아? 근데 이제 와서 대학을 안 가겠다고? 야, 대학 안 갈 거면 집에서 나가. 우리도 너 같은 애 필요 없어."

나는 어이가 없어서 물었다.

"나가라고요?"

"그래! 집에서 나가! 우리가 뭐가 예쁘다고 너 같은 거 먹여 주고 입혀 줘야 하냐? 공부도 안 하고 대학도 안 가겠다는데 왜 우리가 널 키워 줘야 해? 너 필요 없으니까 나가!"

"아니, 그렇다고 집에서 나가라는 건 너무한 거 아니에요?"

나는 소심하게 항변했다.

"그럼 말을 듣던가! 학원 빼먹고 거짓말하는 건 어디서 배워 먹은 거야!"

아빠가 다시 소리를 질렀다.

나는 할 말을 찾았지만 딱히 할 말이 없었다. 솔직히 말하면, 나도 집에서 나가고 싶었다. 더 이상 이 두 사람과 같이 살고 싶지 않았다. 하지만 나는 집에서 나가면 갈 곳이 없었다. 이건 그러니까 불공정한 거래였다. 엄마랑 아빠는 집과 돈이 있었고, 나는 아무것도 가진 게 없다. 그런데 이런 상황에서 부모님 말을 안 들으면 집에서 나가라니, 너무한 거 아닌가?

나는 조용히 중얼거렸다.

"죄송합니다."

아빠와 엄마가 나를 노려보는 눈길에 나는 기가 죽어서 바닥만 내려다보고 있었다. 엄마가 위협적으로 나를 가리켰다.

"너, 앞으로 한 번만 더 학원 빠지면 용돈 없어. 그리고 이제부터는 학원에다가 네가 하루라도 빠지면 당장 전화하라고 말해 뒀으니까 걸리기만 해 봐. 알았어?"

나는 고개를 끄덕였다.

"꺼져, 한심한 놈아."

나는 방 안으로 들어간 다음 문을 닫았다. 문밖에서 엄마와

아빠가 무슨 말을 하고 있었다. 하지만 뭐라고 하는지 알고 싶
지 않았다. 나는 오랫동안 의자 위에 무기력하게 앉아 있었다.

평가

그 다음 날 나는 아침밥을 제대로 뜨지도 않고 숟가락을 내려놓았다. 입맛이 전혀 없었다. 엄마도 밥을 더 먹으라고 하지 않았다. 내가 집을 나설 때까지 엄마와 아빠는 둘 다 내게 아무 말도 하지 않았다.

나는 기운 없이 학교로 걸어갔다. 어떻게 해서 우리 반 교실까지 들어간 것인지 기억이 나지 않았다. 나는 내 자리에 털썩 주저앉았다. 무기력하고 우울했다. 몸에 힘이 전혀 없었다.

"태용아, 태용아!"

경서가 내 자리로 달려왔다. 경서는 손에 두꺼운 종이 뭉치를 들고 있었다.

"네가 쓴 거 어젯밤에 다 읽었어!"

"그래?"

나는 힘없이 고개를 끄덕였다. 그때 승현이도 내 옆으로 다가왔다.

"왜, 무슨 일이야?"

"우리 말이 맞았어."

경서가 내 책상 위에 종이 뭉치를 내려놓으며 말했다. 《로봇 교사》 원고를 출력한 종이였다.

"태용이는 정말 천재였어."

나는 기운 없이 그 두 사람이 떠드는 말을 들었다. 경서는 어제 내가 카페에 소설을 올리자마자 출력해서 밤새워 다 읽었다고 한다. 승현이는 아직 읽지 않았지만 경서가 떠드는 말을 듣고 점점 흥분했다.

"이건 진짜 개쩌는 작품이야. 내가 말했던 바로 그런 미친 소설이라고. 존나 재미있고 감동적이야!"

경서가 내 어깨를 잡고 흔들며 말했다.

"너 이걸 진짜 일주일 만에 쓴 거야?"

승현이가 종이 더미를 들고 믿기지 않는다는 얼굴로 물었다.

"분량이 엄청난데. 전부 몇 장이나 돼?"

"200자 원고지로 1800쪽이 넘어."

경서의 말에 승현이는 기겁했다.

"그렇게 많다고? 세상에, 이걸 어떻게 일주일 만에 쓴 거야?"

"단지 두껍기만 한 게 아니야. 이건 진짜 존나 개쩔고 재미있고 독창적이고 흥미진진하고, 아무튼 시발 걸작이라고!"

경서의 말에 나는 고개를 저었다.

"그 정도는 아니야."

"그 정도라고! 가우스가 추리를 하는 장면을 내가 세 번을 반복해서 읽었어. 정말 경이로울 정도야."

경서의 말에 승현이가 종이를 뒤적였다.

"가우스가 주인공 이름이야?"

"그래, 너도 빨리 읽어 봐. 이거 너 줄게."

경서가 승현이한테 종이를 내밀었다.

"다른 애들도 소설을 읽었을까?"

내가 물었다.

"그건 모르겠어. 내가 지금 다 전화를 돌려 볼게. 태용이 네가 불후의 명작을 썼으니까 지금 당장 읽으라고."

경서의 말에 나는 손을 저었다.

"안 돼, 절대 그렇게 말하면 안 돼."

하지만 경서는 아랑곳하지 않고 팔을 마구 휘두르며 뛰어다녔다.

"이렇게 해야겠어. 이 소설의 분량이 엄청나니까 다들 부담스러워할 거야. 그러니까 내가 이 책을 여러 부 출력해서 동아리 애들한테 일일이 나눠 줘야겠어."

"아니, 뭘 그렇게까지……."

경서가 내 말을 막았다.

"그리고 내일 바로 비상소집을 한다. 내일 모임까지 다들 이 책을 읽고 와야 한다. 알겠나?"

"당연하지."

승현이가 그렇게 말하며 내 어깨에 손을 올렸다.

"태용아, 진짜 대단하다. 아직 읽지는 않았지만 분량만 봐도 엄청나네. 지난 주 금요일이랑 월요일에 학교 빠진 것도 이해가 되네."

"근데 너 표정이 왜 그렇게 안 좋니?"

경서가 내 얼굴을 살폈다.

"걸작을 쓰느라 모든 힘을 다 소진한 거야?"

"그건 아니고……. 이걸 쓰려고 학원을 빠지고 PC방에 가서 글을 썼는데 그걸 부모님한테 들켰어."

"헉."

경서와 승현이가 동시에 숨을 내뱉었다.

"그래서 많이 혼났어?"

승현이가 조심스럽게 물었다.

"그렇지."

"설마 학교를 빠진 것도 걸렸니?"

경서가 묻자 나는 고개를 저었다.

"아니."

"그나마 다행이다. 그거까지 걸렸다면 정말……."

경서는 내 눈치를 보면서 뒷말을 삼켰다.

"정말 끔찍했겠지."

"아무튼 경서 네가 내 소설을 긍정적으로 평가해 줘서 다행이다. 재미있었어?"

"엄청나게 재미있어! 어제 밤늦게 읽기 시작해서 조금만 읽고 자려고 했는데 끝까지 다 읽었다니까?"

"와, 그 정도라고?"

승현이가 감탄하며 물었다.

"태용아, 너 대체 뭘 쓴 거야?"

"뭐긴 뭐야."

경서가 검지를 들며 선언하듯이 말했다.

"태용이는 천재만이 할 수 있는 일을 한 거야. 괴물을 낳은 거지."

그날 하루는 그렇게 흘러갔다. 경서는 쉬는 시간마다 나를 붙들고 《로봇 교사》에 대한 이야기를 늘어놓았다. 나는 옆에서 듣다가 맞장구를 치거나 경서의 질문에 대답을 해 주곤 했다.

승현이는 우리 옆에 있다가 소설의 결말을 듣게 될까 봐 우리한테 오지 않고 자기 자리에 앉아서 책을 읽었다. 보아하니 쉬는 시간은 물론 수업 시간에도 몰래 소설을 읽는 것 같았다. 그럴 필요까지는 없는데.

"박단비, 넌 이제 죽었다."

경서가 만족스럽게 웃으며 말했다.

"자기가 무슨 대단한 작가라도 된 것처럼 나대다가 진짜 천재를 만나게 된 거지. 어떤 반응을 보일지 궁금하군."

"나 천재 아니라니까."

"《로봇 교사》를 일주일 만에 썼잖아."

"그러니까 천재가 아니라는 거지. 천재였다면《전쟁과 평화》 같은 걸 썼겠지."

"오, 태용아 제발! 톨스토이도《전쟁과 평화》를 쓰는데 13년 이 걸렸어."

"진짜? 그렇게 오래 걸렸어?"

"그래. 톨스토이 같은 엄청난 작가도 걸작을 쓰려면 그렇게 오랜 시간이 걸리는 거야. 근데 넌《로봇 교사》를 일주일 만에 쓴 거지. 넌 진짜 천재야."

"천재가 아니라……. 그래, 천재라고 치자."

경서는 점심시간에 문구점에 들러서 소설 전체를 여러 권 출력해서 각 반을 돌면서 동아리 회원들에게 나눠줬다.

"이걸 주니까 아름이가 깜짝 놀라던데?"

경서가 흐뭇한 미소를 지으며 말했다.

"아름이뿐만 아니라 다들 똑같은 반응을 보이더라. 네가 이 걸 진짜로 일주일 만에 썼냐고 말이야."

"그래, 좀 두꺼운 책이긴 하지."

하지만 어떤 책이 두껍다고 해서 무조건 뛰어난 것은 절대 아니다. 그 사실은 나도 잘 알고 있었다.

그날 나는 학교를 마친 뒤 나를 붙잡고 재잘거리는 경서와 승현이와 함께 하교했다. 집에 들어오자 엄마는 나를 보고 의심스럽다는 눈으로 한 번 보더니 시선을 돌렸다.

나는 내 방으로 들어가서 학원 숙제를 좀 하다가 학원에 갈 시간이 되자 집을 나왔다. 그리고 그날은 학원을 빠지지 않았다. 또 학원에 빠졌다가 걸리면 부모님한테 아주 크게 혼날 테니까.

그날 밤 푹 자고 다음 날 아침에 일어나자 나는 기분이 조금 나아졌다. 그래서 가방 속에 갈색 구상 공책을 넣고 학교로 향했다.

내가 교실에 들어와서 내 자리에 앉자마자 승현이가 달려왔다.

"태용아, 나도 어제 《로봇 교사》를 다 읽었어!"

승현이는 흥분으로 눈이 반짝이고 있었다.

"엄청 재미있던데?"

"그래? 아름이도 좋아할까?"

"당연하지. 이제 바로 고백 박으면 돼."

경서가 나타나며 말했다. 그 말에 승현이는 인상을 썼다.

"너는 그만 좀 박아라."

"왜? 태용이가 천재라는 것을 증명했잖아. 태용아, 좌고우면 하지 마. 아름이는 이미 네 여자야."

"내 여자라고?"

"그래. 네 소설을 읽고 너에게 마음을 빼앗겼을 거야."

"진정해. 태용이는 소설가지 최면술사가 아니야."

그렇게 말하며 승현이는 내 어깨를 토닥였다.

"그래도 한 가지 확실한 건 아름이가 이제부터 너를 다르게 보겠지."

그러자 경서가 깔깔거렸다.

"아름이 죽었다. 태용이가 간다."

"제발, 제발 다들 그만 좀 해."

나는 손을 저었다.

"너네 둘이 좋아한다고 해서 아름이까지 내 소설을 재미있게 볼지는 아직 모르잖아. 그리고…… 소설을 잘 쓴다고 해서 아름이랑 사귈 수는 없겠지."

"태용아, 말했잖아. 이제부터 아름이는 너를 다르게 볼 거라고. 넌 더 이상 평범한 고등학생이 아니야."

승현이는 자신 있게 말했지만 이상하게도 그 말을 듣자 나는 더욱 불안해졌다.

"음, 그런지 아닌지는…… 이따가 보면 알겠지."

그날 하루도 후딱 지나갔다. 점심시간이 가까워질수록 나는 점점 더 불안해졌다. 아름이가 내 소설을 읽고 어떤 반응을 보일까? 이 두꺼운 소설을 하루 안에 다 읽기는 읽었을까? 혹평을 하지는 않을까? 갑자기 《로봇 교사》가 단점 투성이처럼 느껴졌다.

수업 시간에 그런 생각을 하던 나는 한숨을 쉬면서 책상 위에 엎드렸다. 이래가지고 무한히 위대한 소설을 쓸 수 있을까? 나처럼 부족한 사람이 어떻게 무한한 예술에 도달한다는 거야?

그런 생각으로 머리가 복잡해질 즈음에 4교시가 끝나고 점심시간이 되었다. 나는 입맛이 없어서 밥을 제대로 먹지도 못했다. 나는 식당에서 내 앞에 앉아 즐겁게 얘기하며 밥을 먹는 경서와 승현이를 말없이 지켜봤다. 두 사람 다 행복해 보였다.

나도 이 친구들처럼 행복할 수 있다면 좋겠다.

내가 그런 생각을 하면서 두 사람을 멍하니 보고 있자 승현이가 물었다.

"왜 그래?"

"아무것도 아니야. 그냥 입맛이 없어서."

경서가 숟가락으로 나를 가리키며 말했다.

"아름이를 만날 생각에 밥이 안 넘어가는 거군."

"맞아."

나는 순순히 인정했다.

"하지만 그것 때문만은 아니고……. 나도 잘 모르겠다."

"태용아, 고민이 있으면 우리한테 말해."

승현이가 걱정스럽다는 표정으로 말해 줘서 나는 살짝 웃어 보였다.

"난 괜찮아. 너희야말로 고민이 있으면 언제든지 나한테 말해 줘."

"난 요즘 인스타 팔로워가 늘지 않아서 고민인데."

경서의 말에 내가 물었다.

"인스타? 너도 인스타 해?"

"당연하지. 요즘 인스타 안 하는 사람이 어디 있어?"

그리고 경서는 승현이가 나를 보고 있는 것을 알아차리고는
외쳤다.

"뭐야, 태용이 너 인스타 계정 없어?"

"응."

"왜? 아, 알겠어. 넌 SNS가 영혼을 공허하게 한다고 생각하
는구나?"

"아니, 그건 아니고 그냥 그런 거에 관심이 없어서."

나는 어깨를 으쓱했다. 그러자 경서는 한쪽 검지를 흔들었다.

"저런, 저런. 태용아, 아름이랑 사귀려면 인스타 정도는 해야
지. MBTI도 모르고 인스타도 안 하면 아름이랑 무슨 얘기할
래? 설마 매일 문학 얘기만 할 건 아니잖아?"

승현이도 고개를 끄덕였다.

"그래, 태용아. 트렌드에 앞서가지는 못하더라도 뒤처지지는
말아야지. 폰 줘 봐. 내가 인스타 계정 만들어 줄게."

"아니, 뭐 그렇게까지……."

"빨리 줘 봐."

나는 할 수 없이 스마트폰을 내밀었다. 승현이는 빠르게 손가락을 움직이며 내 스마트폰을 조작하더니 몇 분 만에 인스타그램 어플을 깔았다. 그러고는 나에게 아이디를 뭘로 할 거냐고 물었다. 나는 아무거나 생각나는 대로 말했다.

"자, 이제 너도 인스타 계정이 있는 거야. 이따가 아름이한테 가서 인스타 아이디가 뭐냐고 물어봐. 그런 식으로 자연스럽게 말을 걸고 대화를 시작하는 거지."

나는 승현이의 말에 놀라움을 금치 못했다.

"오, 그런 방법이 있다니."

옆에서 경서가 깔깔거렸다.

"이 녀석 아주 프로네. 이런 걸 뭐라고 하냐, 픽업 트럭?"

"픽업 아티스트겠지. 그리고 이런 건 아트는커녕 가장 기본적인 수준이야. 경서 너처럼 다짜고짜 벽치기를 하면 여자들 다 도망가."

"난 그런 스타일이 좋던데. 도망가면 추격하면 되지."

둘이 티격태격하는 동안 나는 스마트폰을 만지작거리며 생각에 잠겼다.

점심을 다 먹은 후 우리는 식당을 나와서 동아리실로 향했다. 나는 동아리실이 있는 복도를 걸어가면서 문을 열고 들어가는 순간 어떤 일이 일어날지 두려워졌다. 쓰레기 같은 소설을 썼다고 사람들이 달걀을 던지면 어떡하지? 옷에 달걀 묻으면 진짜 싫은데.

경서가 동아리실 문을 여는 순간 내 마음속 두려움은 더욱 고조되었다.

동아리실 안에는 다른 네 사람이 모두 모여 있었다. 그들은 책상 위에 각자 두꺼운 종이 뭉치를 하나씩 놓고 있었다. 경서가 나눠 준《로봇 교사》출력본이었다.

우리가 방 안으로 들어가자 네 사람이 우리에게 고개를 돌렸다. 나는 마른침을 삼켰다. 다행히 달걀은 날아들지 않았다.

"안녕하십니까!"

경서가 팔을 펼치며 말했다.

"다들《로봇 교사》를 끝까지 읽었겠지?"

"당연하지. 안 그래도 그 얘기를 하는 중이었어."

충혁이 형이 대답했다.

우리 셋은 책상 앞에 둘러앉았다. 나는 자리에 앉으면서 조심스럽게 다른 사람들의 얼굴을 살폈다.

충혁이 형과 단비, 민지, 그리고 아름이까지 모두 내 얼굴을 뚫어지게 응시하고 있었다. 나는 얼굴이 달아오르는 걸 느꼈다.

그들 네 사람의 얼굴에는 모두 비슷한 표정이 떠올라 있었다. 그것은 비웃음이 아니었다. 하지만 그렇다고 감탄도 아니었다. 그들의 표정은 하나같이 당혹스러움에 가까웠다.

"자, 어때? 이태용 작가의 《로봇 교사》를 읽고 난 소감이?"

경서가 양 손으로 턱을 괴며 물었다. 그러자 네 사람은 여전히 당혹스러운 표정으로 서로 시선을 교환했다.

"왜 다들 말이 없어? 충혁 오빠, 먼저 말해 봐. 어때?"

"음, 그러니까……"

충혁이 형이 입을 열었다.

"이건 그러니까, 뭐라고 해야 하지? 이건 정말……"

"잠깐."

그때 단비가 손을 들었다.

"그 전에 먼저 물어볼 게 있어. 이거 정말 네가 쓴 거 맞아?"

단비의 날카로운 눈길이 내 얼굴에 꽂혔다. 나는 의아한 기분이 들었다.

"응. 내가 쓴 거야."

"정말? 다른 사람이 쓴 게 아니라?"

그러자 경서가 살짝 발끈한 목소리로 말했다.

"뭐야, 지금 태용이를 의심하는 거야? 태용이가 이거 쓰느라 일주일 내내 얼마나 고생했는지 알아?"

"이걸 일주일 만에 다 썼다고? 너 혼자서?"

단비는 책상에 놓인《로봇 교사》원고를 가리키며 물었다.

"어, 나 혼자 쓴 거야."

단비는 계속해서 의심스러운 눈으로 나를 응시했다. 그러자 경서가 목소리를 높였다.

"박단비, 뭐가 문제야? 태용이를 왜 의심해?"

"왜냐하면 한 사람이 일주일 안에 썼다고는 도저히 믿을 수 없는 작품이니까요."

민지가 조심스럽게 끼어들며 말했다. 안경 너머로 보이는 민지의 눈은 경이로움으로 빛나고 있었다.

"태용 오빠, 혹시 이거 예전부터 쓴 소설인가요?"

"아니. 지난주부터 구상하기 시작한 거야."

"지난주라면……."

"지난주에 우리가 모였을 때. 그때 내가 소설을 쓰기로 결정 됐잖아. 아, 민지 너는 중간에 나가서 모를 수도 있겠다."

"그러니까 구상조차 지난주에 시작했다 이거지?"

단비의 물음에 나는 고개를 끄덕였다. 그러자 단비는 옆으로 휙 고개를 돌리며 내뱉었다.

"믿을 수 없어."

"진짜야. 왜 믿지를 못해?"

승현이가 거들었다.

"그때 너랑 아름이랑 충혁이 형이 어떤 소설을 써야 할지 장르까지 정해 줬잖아. SF랑 추리랑 청소년 소설 말이야. 그래서 태용이가 세 가지 장르를 전부 섞은 소설을 써 온 거야."

"음, 솔직히 말하면 나도 믿기 어려워."

충혁이 형이 조심스럽게 말했다.

"이 책을 누구의 도움도 받지 않고 태용이 혼자서 썼다고 해도 믿기 어려운데, 고작 일주일 만에 완성했다는 게 정말……."

"아니, 오빠까지 왜 그래?"

경서가 따지자 충혁이 형이 재빨리 덧붙였다.

"아, 물론 태용이가 거짓말을 한다고 의심하는 건 아니야.

하지만 작품이 너무 대단하잖아. 이런 걸 어떻게 일주일 만에 써?"

"정말 제가 쓴 거 맞아요."

내가 힘주어 말했다.

"지난주까지만 해도 저는 로봇을 소재로 한 소설을 써 보겠다는 생각도 하지 않았어요. 근데 여기 있는 세 사람이 장르를 정해 줘서 그런 소설을 써온 거예요. 추리, SF, 청소년 소설을 융합한 소설. 맞잖아요?"

"기존에 있는 소설 중에 그런 장르를 가진 소설을 가져온 것일 수도 있지."

단비의 말에 경서가 얼굴을 찌푸렸다.

"헛소리 하지 마. 그 세 가지 장르를 섞은 소설이 흔하냐? 그리고 무엇보다도 이게 기존에 있던 소설이라면 검색하면 바로 나오겠지. 안 그래?"

"맞아, 아까도 그 얘기가 나왔어."

아름이가 말했다.

"우리가 각자 검색을 해 봤는데 《로봇 교사》라는 소설은 나오지 않더라."

"제목을 바꾼 것일 수도 있잖아."

단비의 말에 승현이가 대답했다.

"그렇더라도 '로봇 교사'라는 키워드를 검색하면 그런 내용의 소설이 나오겠지. 하지만 없잖아? 그리고 다들 소설을 읽었으니까 알 테지만, 소설의 무대가 여기 목동이고 배경도 신양중학교잖아. 그게 태용이가 이 소설을 썼다는 증거지."

"박단비, 너도 신양중 출신이잖아. 안 그래?"

경서의 말에 단비의 얼굴이 일그러졌다.

"장소나 학교 이름 정도는 얼마든지 바꿀 수 있어."

"아, 진짜! 그럼 대체 어떻게 해야 믿을 건데? 태용이가 지난 일주일 동안 이 소설을 쓰는 모습을 녹화한 CCTV 영상이라도 제출해야 되나?"

경서가 목소리를 높였다. 그러자 충혁이 형이 제지했다.

"알았어, 알았어. 믿을게. 우린 단지 이 소설이 너무 뛰어나서 믿기 어렵다는 것뿐이지, 태용이를 의심하는 게 아니야."

"그래, 여러분의 마음을 이해한다고. 너무 대단한 작품이라서 믿기 어렵겠지. 하지만 태용이가 이걸 쓴 건 사실이야."

경서가 손가락으로 종이를 두드리며 말했다.

"일주일 만에, 혼자서 말이야."

"그게 어떻게 가능한 거죠?"

민지의 물음에 경서는 의미심장한 표정을 지으며 대답했다.

"말했잖아. 태용이는 천재라고."

그러자 잠시 동아리실이 조용해졌다. 나는 그 단어가 갖는 무게를 비로소, 제대로 실감할 수 있었다.

천재.

그건 아무한테나 허락되는 단어가 아니었다. 그리고 경서는 아무렇지도 않게 그 단어를 우리 앞에 툭 던졌다. 물론 지난주에도 그랬지만, 이제 그 단어는 전과는 비교할 수 없는 무게감을 갖고 있었다.

"천재……."

아름이가 중얼거리다가 나와 눈이 마주쳤다. 아름이는 뭔가 신기한 동물을 보는 듯한 표정으로 나를 보고 있었다. 나는 부끄러워져서 얼른 시선을 돌렸다.

"이제 의심은 그만하고 다들 감상평이나 말해 보라고. 충혁 오빠, 어땠어?"

경서의 말에 충혁이 형은 신중하게 단어를 골랐다.

"말했다시피 정말 대단한 작품이야. 믿어지지 않는…… 그러니까 내 말은 굉장히 뛰어난 소설이라는 거지."

"어떤 점이?"

"모든 면에서. 그리고 무엇보다도 아주 재미있어. 진짜 재미있어. 이렇게 재미있는 소설을 읽는 건 정말 오랜만이었어. 수업 시간에 몰래 읽다가 하마터면 들킬 뻔했다니까."

"추리소설로서도 정말 훌륭해요."

민지가 말했다.

"작중에 나오는 추리가 정말 대단해요. 인공지능 로봇이 주인공이라는 설정을 정말 제대로 활용한 것 같아요."

"그렇지? 나도 그렇게 생각해."

경서가 만족스러운 표정으로 맞장구쳤다.

"캐릭터도 하나같이 매력적이야."

아름이의 말에 나는 가슴이 두근거렸다.

"모든 캐릭터가 개성이 강하고 입체적이야. 게다가 중학생들이 쓰는 말을 아주 제대로 살렸어. 이건 정말 청소년을 제대로 이해하는 사람이 썼다는 게 느껴져."

세상에, 아름이에게 그런 평가를 듣다니. 나는 입이 귀에 걸릴 것 같았지만 좋아하는 내색을 하지 않으려고 애썼다.

"모든 캐릭터가 전부 매력적이지만, 당연히 가장 애착이 가는 캐릭터는 주인공 로봇이지."

충혁이 형의 말에 아름이와 민지도 고개를 끄덕였다.

"나도."

"저도요. 이렇게 다정하고 멋진 로봇 캐릭터를 보는 건 오랜만이에요."

나는 참고 있던 숨을 조용히 내쉬었다. 눈을 어디에 둬야 할지 알 수 없었다. 이럴 때는 어떤 표정을 지어야 할까? 의기양양한 기색을 보이지 않으면서도, 그러면서도 호평을 들어서 기쁘다는 감정을 적당히 담은, 하지만 겸손한 표정을 지어야 했다. 그게 어떤 표정이지?

"다들 생각이 비슷하군."

경서가 흐뭇하게 말했다.

"그럼 우리 단비 씨는 어때?"

단비는 입술을 깨문 채 잠시 책상 위의 원고를 내려다보다가 입을 열었다.

"나쁘지 않아."

"오, 네가 그런 말을 하는 건 처음 듣는데?"

경서가 살짝 놀라며 말했다.

"그래, 나쁘지 않아. 뭐 줄거리도 괜찮고. 근데 단점이 아예 없는 건 아니야."

"어떤 점에서?"

"일단 로봇이라는 소재를 다루는 방식이 기존의 SF 작품들에서 보던 것과 비슷해. 이건 독창성이 부족하다는 뜻이지."

그건 나도 인정한다. 그런데 내가 그렇게 말하려는 순간 승현이가 먼저 말했다.

"하지만 익숙한 걸 사용해서 큰 재미를 주는 건 아무나 못하는 일이지."

"익숙한 걸 사용한다는 것 자체가 감점 요소야."

그렇게 말하며 단비는 나와 눈이 마주치자 재빨리 시선을 돌렸다.

"그리고 사건의 진상이 드러나는 장면에서 임팩트가 부족해."

그것 역시 나도 인정한다. 하지만 내가 그렇기 말하기도 전에 민지가 먼저 말했다.

"전 괜찮았는데요? 그리고 이 작품의 백미는 진상이 드러난 이후라고 생각해요."

"그렇지만 추리소설에서 범인이 밝혀지는 순간의 임팩트가 약하다는 건 아주 치명적인 일이지. 그리고 한 가지가 더 있어."

단비는 헛기침을 한 번 하더니 말을 이었다.

"이 책은 청소년 소설이라고 하기에는 욕설이 너무 많이 나오고, 또 잔인한 장면도 부분적으로 있어. 이건 청소년 소설로써 심각한 단점이야."

"에이, 그건 좀 아니다."

충혁이 형이 말했다.

"난 오히려 작중 청소년들의 대사가 진짜 청소년들의 그것과 닮아서 아주 생생하게 느껴졌어. 오히려 청소년의 말을 이상하게 순화한 소설들이야말로 현실성이 없지."

"아니지. 청소년 소설은 청소년이 읽으라고 쓰는 소설이고, 청소년에게 올바른 말과 행동을 보여 줄 의무가 있어."

"이런, 이런. 그건 지나치게 교육적인 관점으로 문학을 대하는 태도야."

경서가 말했다.

"그리고 무엇보다도 평소의 단비 너는 그런 꼰대 같은 관점으로 소설을 평가하는 걸 반대하는 입장이었잖아. 근데 지금은 갑자기 말이 달라졌네?"

그러자 단비의 얼굴이 순식간에 붉어졌다.

"하지만 늘 반대하는 건 아니야. 이 소설은 정도가 너무 심해."

"너무 심한 정도는 아닌 것 같은데."

아름이가 한마디 했다. 하지만 단비는 계속 말을 이었다.

"그래, 물론 독자에 따라서 관점이 다르겠지. 하지만 아무튼 부분적으로 단점이 존재하는 소설이야. 그리고 무엇보다도 가장 큰 단점은, 이 소설은 새로운 것을 창조한 작품이 아니라 기존의 것들을 재조합해서 만들어 낸 것이라는 거야."

"근데 애초에 창작이라는 게 그런 거 아니야?"

내가 묻자 단비는 잠시 머뭇거리다가 대답했다.

"그렇긴 하지. 하지만 이 소설은 유난히 기존의 다른 작품들에서 봤던 것들이 많이 연상되는 부분이 있어."

"그건 인정할게. 하지만 그건 어느 정도는 의도한 거야."

나는 고개를 끄덕였다.

"애초에 이 소설 자체가 내가 어린 시절에 보고 자랐던 로봇이 등장하는 소설이나 영화들, 그리고 추리소설들에 헌정하는 의미가 어느 정도 담겨 있거든. 그래서 그런 작품들에 대해서 일부러 작중에서 언급도 많이 했어."

"아, 그런 거야?"

충혁이 형이 물었다.

"어쩐지, 소설 속에서 아이들이 대화하는 장면에서 다른 작품들이 많이 등장하는 것 같더라니."

"네. 그리고 그게 나름대로 재미있지 않나요?"

"난 재미있었어."

아름이의 말에 나는 잠시 할 말을 잃었다. 그리고 곧 어색하게 웃었다.

"다행이네."

잠시 침묵이 감돌았다. 경서가 사방을 둘러보며 말했다.

"이게 다야? 다들 더 할 말 없어?"

"난 없어."

단비가 퉁명스럽게 말했다.

"할 말은 많지만…… 사실 우리가 여기서 애기하는 것보다

차라리 태용이 오빠가 이 소설을 진짜 책으로 출간하는 건 어떨까요?"

민지의 말에 나는 당황했다.

"아, 그건 좀……."

"왜요?"

"이건 어디까지나 우리 동아리 회원들에게 보여 주려고 쓴 글이거든."

"아니야, 내 생각에도 민지 말이 맞아. 이건 우리한테만 보여 주고 끝내기에는 너무 아까워."

아름이가 말했다.

"태용아, 좋은 출판사를 찾아봐. 이 책을 출간해 준다는 곳이 꼭 있을 거야."

"아…… 그런가?"

"그럼."

아름이가 웃으면서 말했다.

"자, 그럼 다들 인정하는 거지? 태용이가 천재라는 걸 말이야."

경서가 거만한 표정으로 말하자 충혁이 형이 고개를 끄덕였다.

"그래, 인정할 수밖에 없다. 태용이는 천재야."

"아니에요, 아니에요."

나는 재빨리 말했다.

"저 천재 아니에요."

"이런 걸 일주일 만에 썼는데도?"

"그건 그냥…… 솔직히 부족한 부분이 많은 소설이에요."

"그건 맞아."

단비가 끼어들었다.

"하지만 보통 사람이 쓸 수 있는 건 아니지. 더구나 일주일만에는."

단비의 말에 모두의 입이 딱 벌어졌다. 경서가 더듬거리며 말했다.

"박단비, 너 지금 그 말은……."

"그래, 인정할게. 태용이는 천재야. 이제 됐냐?"

단비는 그렇게 말하며 팔짱을 꼈다.

"그러니까 올해 연말에 하는 우리 동아리 연극 대본도 태용이가 쓰면 되겠네."

"뭐? 내가?"

그런데 당황한 내가 말을 잇기도 전에 충혁이 형이 큰 소리로 말했다.

"그럼 되겠다! 태용이가 희곡을 쓰면 진짜 멋진 작품이 나오겠네!"

"아니, 저는……."

"그거 아주 좋은 생각인데요?"

민지가 환하게 웃으며 말했다.

"난 희곡을 한 번도 써 본 적이 없는데……."

"뭐 어때, 넌 천재잖아."

단비가 무표정하게 말했다. 나는 거절하려다가 아름이와 눈이 마주쳤다. 아름이는 존경스럽다는 눈빛으로 나를 빤히 바라보고 있었다.

내가 일주일 내내 꿈꿨던, 바로 그 눈빛이었다.

나는 침을 꿀꺽 삼킨 뒤 말했다.

"그래, 내가 쓸게."

"좋았어!"

충혁이 형이 박수를 짝짝 쳤다.

"진짜 기대된다. 사람들이 연극을 보고 다들 깜짝 놀랄 거야. 새빛고에서 셰익스피어가 나오는 거지."

"셰익스피어는 무슨!"

단비가 코웃음을 쳤다. 하지만 그렇게 말하는 단비의 얼굴은 이내 어두워졌다.

갑자기 경서가 나에게 얼굴을 휙 돌리며 말했다.

"나를 주인공 시켜 줘! 난 머리도 멋있잖아. 이건 주인공만이 할 수 있는 금발머리야."

나는 어색하게 웃기만 했다.

점심시간이 끝날 때가 되어서 우리는 동아리실을 나와 각자의 반으로 돌아갔다. 나는 승현이와 경서가 신나게 떠드는 걸 들으며 계단을 올라가다가 앞서 걸어가는 아름이를 발견했다.

"얘들아, 잠깐 너네 먼저 가 있어."

나는 그렇게 말한 뒤 아름이를 쫓아갔다. 아름이는 복도 가운데에 있는 자신의 반으로 들어가려는 참이었다.

"저기, 아름아."

내가 부르자 아름이가 뒤돌아봤다.

"어, 태용아."

아름이는 살짝 놀란 표정이었다. 나는 쿵쿵거리는 심장을 억누르며 아름이에게 걸어갔다.

"저기, 음, 오늘 고마웠어."

"응?"

"그러니까, 내가 쓴 소설에 대해서 긍정적으로 말해 준 거 말이야."

그러자 아름이는 싱긋 웃었다.

"네가 진짜 대단한 작품을 썼잖아. 나도 너무 재미있게 읽었고, 또 네가 이걸 썼다는 것에 정말 놀랐어."

나는 다시 얼굴이 달아오르는 걸 느꼈다. 그래서 나도 모르게 고개를 푹 숙였다.

그건 너를 위해서 쓴 소설이야. 나는 그렇게 말하고 싶었다. 너에게 인정받기 위해서 지난 일주일 내내 그 소설에만 매달렸어. 오직 너에게 인정받기 위해서.

하지만 나는 차마 그 말을 할 수가 없었다. 고개를 들자 아름이가 나를 빤히 바라보고 있었다.

"왜?"

아름이가 물었다.

어떡하지? 여기서 말해야 하나? 널 좋아한다고? 가까이에서 본 아름이는 정말 너무나 예뻤다. 지금 분위기가 나쁘지는 않지만 지금 고백하는 건 너무 성급한 것 같은데? 마침 아름이는 복도 벽을 등지고 서 있었다. 경서의 말처럼 지금 벽치기를 할까? 벽치기를 한 다음에 고백을 해야 하는 걸까? 근데 그러면 승현이 말처럼 아름이가 도망갈 수도 있을 텐데?

"아, 그게, 그러니까……."

나는 필사적으로 머리를 굴렸다. 지금 이 순간을 위해서 지난 일주일을 고생했다. 아무 말도 안 하고 돌아가기에는 그 시간이 너무 아까웠다. 하지만 도대체 무슨 말을 해야 하는 거지?

"그러니까…… 너 인스타 하니?"

"응? 인스타?"

아름이가 의아하다는 듯이 물었다.

"어. 인스타 아이디 있으면 알려 줄래? 내가 팔로우하고 싶어서."

"아, 그래. 좋아. 나도 팔로우 할게."

아름이는 내가 내민 스마트폰으로 자기 인스타그램 아이디를 입력해 줬다. 우리는 서로의 계정을 팔로우했다.

그때 점심시간이 끝났음을 알리는 종이 울렸다. 나는 재빨리 말했다.

"고마워. 그럼 난 가 볼게."

"그래, 나도 고마워. 우리 다음에 보자."

"그래, 안녕."

아름이는 나에게 손을 한 번 흔들더니 반으로 들어갔다. 나는 몸을 돌려 스마트폰을 한 손에 꼭 쥐고 종종걸음으로 복도를 걸어갔다.

꿈

그날 이후로 나는 구름 위에 떠 있는 듯하면서도 한편으로는 먹구름이 약간 낀 듯한 그런 기분으로 한 주를 보냈다. 내가 아름이와 인스타그램 맞팔을 했다는 말을 듣고 경서와 승현이는 아주 기뻐했다.

"좋았어! 바로 그렇게 조금씩 시작하는 거야."

하지만 경서는 그걸로 끝낸 게 아쉬운 모양이었다.

"인스타 팔로우만 박으면 안 되지. 고백도 박았어야지. 내가 말했잖아, 벽치기 하라고."

"그럴 분위기가 아니었어."

"분위기는 만들기 나름이야."

"또 이상한 소리 한다."

승현이가 핀잔을 줬다.

"태용이는 천천히 잘 하고 있어. 괜히 네 말대로 했다가는 좋은 분위기 다 깨는 거야. 태용아, 경서가 말하는 거랑 반대로만 해."

그러자 경서는 혀를 찼다.

"두고 봐라, 누구 말이 맞나."

나는 수업 시간에도, 쉬는 시간에 친구들과 놀 때도, 점심시간에도, 그리고 학원 수업을 들을 때도 아름이 생각을 했다. 내가 뭘 하든 아름이가 계속해서 내 머릿속으로 뛰어들었다. 나도 내가 왜 이러는지 알 수가 없었다.

나는 학교에서 쉬는 시간에 아름이가 있는 반에 가서 말을 걸어 볼까 했지만 용기가 나지 않았다. 그래서 아름이의 반 옆을 지나갈 때만 잠깐 창문 너머로 아름이를 보기만 했다. 아름이는 쉬는 시간에 주로 다른 아이들과 수다를 떨면서 웃고 있었다.

나는 틈만 나면 아름이의 인스타그램에 들어가서 아름이가 올린 사진들을 넘겨 봤다. 아쉽게도 아름이는 셀카를 그리 많이 올리는 편은 아니었다. 대신 등하교 길에 찍은 경치 사진이 많았고, 집에서 키우는 강아지 사진도 종종 있었다. 강아지 이름이 '솜'인 것 같았다. 솜이는 하얗고 귀여운 포메라니안이었다.

나는 독서실에 있을 때도 틈만 나면 스마트폰을 꺼내서 아름이의 인스타그램에 들어가 그런 사진들을 넘겨 봤다. 이미 여러 번 본 사진들이었지만 왜 자꾸 보는 것인지 나도 알 수가 없었다.

요즘은 책을 읽거나 무한히 위대한 소설을 구상하는 것도 뜸해졌다. 독서와 구상을 할 때도 계속해서 아름이 생각이 나서 집중이 되지 않았기 때문이다.

내가 학원을 빠지고 PC방에 간 일 때문에 엄마와 아빠는 여전히 의심의 눈초리를 거두지 않고 있었다. 하지만 내가 이제는 학원을 빠지지 않고 집에서도 별 말 없이 책상 앞에 앉아 있자 조금 안심하는 눈치였다.

그 다음 주에 동아리 모임이 있는 날, 나는 아침부터 하루 종일 긴장했다. 아름이를 보면 무슨 말을 할까? 아름이는 나에게 무슨 말을 할까?

그런 생각을 하다가 어느덧 4교시가 지나고 점심시간이 되었다. 나는 밥을 대충 먹고 경서와 승현이와 함께 동아리실로 향했다. 방 안에 들어가자 세 사람이 앉아 있었다.

잠깐, 왜 세 명이지? 아름이가 보이지 않았다.

"얘들아, 어서 와."

충혁이 형이 손을 흔들었다. 나는 자리에 앉으며 물었다.

"아름이는 안 왔어요?"

"글쎄, 좀 늦는 건가?"

나는 실망했지만 그런 내색을 하지 않고 말없이 고개를 끄덕였다.

우리는 오늘도 《로봇 교사》에 대한 이야기를 나눴다. 지금까지 문학 동아리에서 회원들이 써 온 소설들은 하나같이 아주 짧은 단편이 대부분이었기 때문에 읽고 할 얘기가 별로 없었지만, 《로봇 교사》는 장편소설 치고도 두꺼운 분량이었기 때문에 할 말이 많았던 것이다. 나는 동아리 회원들이 내 책에 대해서 나누는 대화를 묵묵히 듣고 있다가 그들이 나에게 작품에 대한 질문을 할 때마다 대답을 했다.

"태용 오빠는 어떤 작가를 좋아하세요?"

민지가 물었다.

"나는 딱히 어떤 특정한 작가를 좋아하지는 않아."

"그럼 어떤 작품을 좋아하세요?"

"글쎄, 너무 많아서 다 말하기 어려운데."

나는 웃으면서 대답했다.

"그럼 추리소설 중에서는?"

"음, 내가 가장 감명 깊게 읽은 소설은 해리 케멜먼의 《9마일은 너무 멀다》야. 그 소설에 나오는 추리 방식이 《로봇 교사》에서도 중요하게 활용돼."

나는 내 말을 진지하게 듣는 민지를 보면서도 머릿속으로는 온통 아름이 생각뿐이었다. 시간이 계속 지나도 아름이는 오지 않았다. 아름이는 언제 오는 거지? 오늘 무슨 일이 있었나?

내 기분을 눈치챘는지 승현이가 물었다.

"그건 그렇고 아름이가 많이 늦네요. 오늘 혹시 학교에 안 온 거 아니에요?"

"그럴 수도 있겠다. 아니면 반 애들이랑 노느라 못 오는 것일 수도 있고. 동아리 활동에 참여하는 게 의무는 아니니까 어쩔 수 없지."

충혁이 형의 말에 나는 작게 한숨을 쉬었다. 형 말이 맞았다.

동아리 활동은 의무가 아니었다. 특히 입시 때문에 2학년만 되어도 대부분은 동아리 활동에 소홀해졌다. 3학년인데도 매주 동아리실에 나오는 충혁이 형이 특이한 경우였다. 1학년은 민지 한 명밖에 없고 구성원 대부분이 2학년인 문학 동아리 역시 특이한 경우에 속했다. 대부분의 동아리들은 1학년이 가장 열심히 했기 때문이다. 난 1학년 때 아무 동아리도 하지 않았지만.

내가 그런 생각에 잠겨 있는데 갑자기 단비의 말이 나를 깨웠다.

"태용아?"

"응?"

"어떻게 생각해?"

"어, 뭘?"

그러고 보니 단비는 아까부터 나를 빤히 바라보고 있었다.

"좋은 소설의 조건이 뭐냐고."

나는 순간적으로 당황했다.

"어, 그건 아주 어려운 질문인데……. 나도 알고 싶어."

그러자 단비는 이상하다는 표정을 지었다.

"넌 당연히 알고 있을 거 아니야."

"나도 모르지."

나는 웃어보이다가 단비가 계속 나를 쳐다보자 다시 말했다.

"아, 그러니까, 내 생각에는……."

갑자기 이런 어려운 질문을 받으니까 대답하기가 어려웠다. 하지만 주변을 보자 모든 사람이 다 내 대답을 기다리고 있었다.

"우선 재미있어야 하지 않을까?"

"재미?"

경서가 물었다.

"그렇지. 난 그렇게 생각해. 소설의 목적은 사람들에게 재미를 주는 거잖아. 그러니까 수준 높은 재미를 주는 소설이 훌륭한 소설이겠지."

내 말에 다들 고개를 끄덕였지만 단비는 내 대답이 마음에 들지 않는 모양이었다.

"그건 너무 진부한 대답이잖아. 그리고 너무 단순하고. 소설이 독자에게 줄 수 있는 것들이 정말 많은데 작품을 평가하는 가장 중요한 기준으로 재미를 꼽는 거야?"

"응, 나는 그렇게 생각해."

내 대답에 단비는 뭐라고 말을 하려다가 할 말을 찾지 못했는지 입을 다물었다.

그날 점심시간이 끝날 때까지도 결국 아름이는 모습을 보이지 않았다.

나는 동아리실을 나왔다가 아무래도 마음이 걸려 아름이의 반으로 향했다. 그런데 뒤에서 누군가가 나를 불렀다.

"태용아."

내가 뒤돌아보자 단비가 서 있었다. 쟤가 왜 나를 부른 거지?

"왜?"

"저기, 그게……."

단비는 잠시 머뭇거리다가 물었다.

"네 다음 소설은 언제 볼 수 있는 거야?"

나는 그 말에 웃을 수밖에 없었다.

"그건 나도 모르겠어. 일단 당장은 쓰고 싶지 않아.《로봇 교사》를 쓰느라 일주일 동안 너무 고생했거든."

"아, 그렇지. 당연히 그럴 거야."

단비가 재빨리 말했다.

"음, 그리고 또……. 아무튼《로봇 교사》는 정말 괜찮은 소설인 것 같아."

나는 고개를 끄덕였다.

"고마워."

그때 점심시간의 끝을 알리는 종이 쳤다. 이런, 빨리 반으로 돌아가야겠다. 아름이 얼굴은 보고 가려고 했는데, 늦어 버렸군.

"그럼 난 가 볼게. 다음 주에 보자."

단비는 그렇게 말한 뒤 복도를 성큼성큼 걸어갔다. 나는 잠시 그 뒷모습을 보다가 나도 내 반으로 향했다.

그 다음 날은 승현이가 학교에 나오지 않았다. 나는 걱정이 되어 승현이에게 전화를 걸었다.

"할머니가 아프셔서 오늘은 내가 병간호를 해야 할 것 같아. 그래서 학교를 하루 빠지기로 했어."

"많이 아프셔?"

"아무래도 몸살에 걸리신 것 같아. 모시고 병원에 한 번 갔다 오려고."

그렇게 말한 뒤 승현이는 가볍게 웃으며 덧붙였다.

"걱정해 줘서 고마워. 근데 별일은 아닐 거야."

나는 할머니가 쾌차하시길 바란다고, 그리고 내 도움이 필요하면 바로 연락하라고 말한 뒤 전화를 끊었다.

나는 그날 쉬는 시간에 아름이의 반에 가서 아름이가 학교에 온 걸 확인했다. 아름이는 다른 여자아이들과 대화를 하고 있었다. 나는 대화를 나누는 아름이를 잠시 보다가 우리 반으로 돌아왔다.

그날은 방과 후에 야자를 하는 날이었다. 담임은 최근에 일주일에 한 번은 우리 반 애들 전부가 강제로 야자를 하는 걸로 정했다. 강제로 하는 걸 어떻게 자율학습이라고 할 수 있는지 이해가 되지 않았지만 아무튼 담임이 그렇게 정한 이상 어쩔 수 없었다.

야자 시간이 시작되자 나는 학원 숙제를 꺼내서 문제를 좀 풀다가 멍하니 허공을 쳐다봤다. 교실 칠판 위에 걸린 급훈이 눈에 들어왔다.

'지금 공부하면 미래의 배우자 얼굴이 바뀐다.'

나는 그 문장을 보다가 아름이를 떠올렸다.

세상에 아름이처럼 예쁜 여자는 없을 것 같은데. 아름이는 나중에 누구랑 결혼할까? 나였으면 좋겠다. 하지만 내가 생각하기에도 그럴 가능성은 낮았다. 내가 매주 《로봇 교사》 같은 소설을 한 권씩 써서 갖다 바친다 해도 그럴 가능성은 낮았다. 매주 《전쟁과 평화》같은 소설을 써 온다면? 음, 그럼 좀 얘기가 다를 수도 있겠군.

하지만 소설을 잘 쓰는 게 애초에 이 문제랑 관련이 있긴 한 건가? 당연히 별 관련은 없을 것이다. 그 두 가지를 내가 자꾸 관련짓는 이유는 분명했다. 내가 하고 싶고, 할 줄 아는 유일한 일이 소설을 쓰는 것이었기 때문이다. 키 작고 못생기고 볼품 없는 내가 아름이한테 인정받을 수 있는 유일한 방법은 소설을 쓰는 것밖에 없었다.

하지만 그건 어디까지나 내 사정이다. 소설이 나에게 어떤 의미가 있는지는 아름이한테 중요한 게 아니었다. 아름이는 소설을 잘 쓰는 남자가 아니라 자기가 좋아하는 스타일의 남자에게 끌릴 것이다. 아름이는 도대체 어떤 스타일을 좋아할까? 일단 그것부터 알아내야 했다. 하지만 적어도 하나는 확실했다. 키 작고 못생긴 스타일을 좋아하지는 않을 것이다.

그런 생각을 하니 우울해졌다. 나는 창밖을 내다봤다. 운동장에서 남자애들 몇 명이 축구를 하고 있었다.

나는 아이들이 축구를 하는 모습을 보며 생각했다. 소설을 잘 쓰는 남자가 아름이의 이상형이 아니라면, 내가 아무리 열심히 소설을 쓴다 해도 그건 아무 의미가 없을 것이다. 하지만 무한히 위대한 소설이라면? 그렇다면 얘기가 좀 달라지지 않을까? 이 세상에 무한 앞에서 경탄하지 않을 사람이 어디 있겠는가. 《로봇 교사》가 아무리 재미있고 훌륭한 소설이라 한들, 무한히 위대한 소설 앞에서는 존재조차 희미할 것이다. 《로봇 교사》보다 1000조 배, 아니 1000경 배 위대한 소설이라 해도 그건 마찬가지였다. 무한 앞에서는 아무것도 의미가 없으니까.

무한 앞에서는 그 무엇도 의미가 없었다. 그렇다면, 만약에 내가 무한히 위대한 소설을 쓰는데 성공한다면, 나도 키 크고 잘생긴 남자들을 능가하는 게 하나 정도는 생기는 것이 아닐까?

하지만 이건 어디까지나 내가 무한히 위대한 소설을 썼다는 가정 하에서였다. 그리고 내가 죽기 전에 그런 소설을 쓸 수 있을지도 알 수 없었다. 내가 그 소설을 완성하는데 어쩌면 50년이나 60년이 걸릴 수도 있었다. 어쩌면 100년이 걸릴 수도 있었다. 이런, 나는 거북이만큼 장수해야겠군.

그리고 가장 중요한 것은, 내가 무한을 창조하는데 성공한다 해도 그것이 나에게는 무한한 의미가 있겠지만 아름이에게도 무한한 의미가 있을까? 설령 그렇다 하더라도, 내 소설이 무한히 위대한 것이지 내가 무한히 위대한 인간인 것은 아닐 텐데.

나도 모르게 한숨이 나왔다. 나는 고개를 숙였다. 기분이 착잡했다.

"어이, 태용."

누군가가 내 어깨를 건드려서 나는 고개를 들었다. 옆에 경서가 서 있었다.

"졸리냐?"

경서가 속삭였다.

"아니. 그냥 뭐 좀 생각하느라."

"너 지금 공부하는 거 아니지?"

"응. 왜?"

"그럼 나가자."

"뭐라고?"

"야자 째자고."

나는 당황해서 주변을 둘러봤다. 다른 아이들은 다들 고개를 숙인 채 공부를 하고 있었다.

"야자를 째자고?"

"그래. 어차피 너 지금 공부할 거 아니잖아."

"근데 그럼 담임한테 혼날 텐데."

"뭐 어때. 그럼 담임한테 허락받고 째랠? 원래 용서가 허락보다 쉬운 거야. 빨리 나와."

그 말을 남기고 경서는 뒤돌아서서 교실 문을 향해 걸어갔다. 경서는 이미 가방을 멘 상태였다.

"잠깐만, 기다려."

나는 재빨리 가방 속에 책을 집어넣고 가방을 챙겨 자리에서 일어났다. 경서는 이미 교실을 나가서 복도 계단을 내려가고 있었다. 나는 경서를 쫓아갔다.

"어쩌려고 그래?"

"어쩌긴, 인생은 한 번뿐이야. 자유롭게 살자고."

"자유가 좋긴 한데 담임한테 혼날 텐데······."

우리는 학교 밖으로 나왔다. 경서는 운동장 앞에 서서 두 팔을 활짝 펼쳤다.

"아, 상쾌하네. 야자를 째고 맡는 공기는 정말 상쾌하다."

상쾌하긴 했다.

"그래서 이제 어디로 갈 거야?"

내가 물었다.

"아무데나 가자. 너 가고 싶은 곳으로."

"나? 글쎄, 딱히 가고 싶은 곳은 없는데."

"그럼 정처 없이 걷자. 너 걷는 거 좋아해?"

"응. 걸으면서 생각을 많이 해."

"나도 그래."

그래서 우린 무작정 걷기로 했다.

날씨가 선선한 초저녁이었다. 어느새 노을도 자취를 감추고 있었다. 우리는 교문을 나와서 발길 닿는 대로 걷기 시작했다. 우리는 학교 근처에 있는 길게 늘어선 상가들 옆을 지나 도로를 따라 걸어갔다.

"승현이는 오늘 할머니가 아프셔서 안 왔다고 그랬지?"

경서가 물었다.

"맞아. 몸살에 걸리신 것 같대."

"너랑 승현이는 언제부터 알게 됐어?"

"중학교 1학년 때부터."

"그럼 꽤 오래됐네. 둘이 어쩌다가 친해진 거야?"

"그게…… 글쎄, 나도 잘 모르겠어. 어떤 특별한 사건이 있어서 친해진 건 아니고, 그냥 성격이 잘 통하더라고."

"하긴 친구를 사귀는 건 다 그렇지."

경서가 고개를 끄덕였다. 나는 그런 경서에게 웃으며 물었다.

"나랑 승현이랑 겉으로 보기에는 별로 안 어울리지?"

"아니, 잘 어울려. 왜 그렇게 생각해?"

"그야 당연히 승현이는 키도 크고 잘생긴 반면에 나는 키도 작고 생긴 것도 별로잖아."

"이런, 이런. 또 그 소리야? 넌 충분히 잘생겼다고."

"거짓말 안 해도 돼."

"거짓말 아니야. 그리고 내가 말했잖아. 네 외모보다 네가 네 외모를 어떻게 생각하는지가 더 중요하다고 말이야."

나는 웃으면서 한숨을 쉬었다.

"참 좋은 말이야. 근데 그게 말이 쉽지."

"어렵지 않아. 넌 할 수 있어. 넌 천재잖아."

"천재 아니라니까."

"태용아, 이제 그만 겸손해도 돼. 진실을 받아들여. 넌 희대의 천재야. 내가 예전에 그랬잖아. 너에게는 천재의 포스가 느껴진다고. 그리고 역시 내 느낌은 빗나가지 않았어."

"나도 내가 천재였으면 좋겠다."

우리는 가로등 아래를 지났다. 하늘은 이제 완전히 어두워져 있었다.

"나도 너처럼 천재였으면 좋겠다."

"천재 아니라니까. 그리고 혹시 모르지, 너도 열심히 글을 쓰다 보면 네가 천재라는 사실을 발견하게 될지도."

"아니, 그건 아니야."

경서는 그렇게 말하며 금발 머리를 흔들었다.

"난 천재가 아니야. 그 사실을 이미 예전에 일찌감치 깨달았어."

"에이, 왜 그렇게 말해? 너야말로 천재일 수도 있잖아."

"아니야, 절대로 아니야. 그리고 난 내가 천재가 아니라는 게 그다지 유감스럽지 않아. 한때는 그게 정말 슬펐어. 내가 재능이 없다는 게 많이 슬펐어. 그렇지만 지금은 괜찮아. 재능이 없는 나도 나잖아."

"야, 너 이제 겨우 고2잖아. 근데 왜 벌써부터 너 스스로 재능이 없다고 단정 짓고 그래."

"사실이니까."

경서는 그렇게 말하면서 미소를 지었다.

"난 네가 부러워. 네가 가진 재능도 부럽고, 네가 네 적성을 빨리 찾은 것도 부럽고."

그 말을 듣고 나는 엄마랑 아빠를 떠올렸다. 우리 부모님도 나에게 이런 말을 해 주면 좋을 텐데.

"태용이 너는 인생에서 가장 이루고 싶은 궁극적인 꿈이 뭐야? 소설가가 되는 거?"

나는 그 질문에 잠시 당황했다. 그리고 솔직하게 말해도 될까 고민했다. 지금까지 나의 꿈을 제대로 말한 사람은 승현이가 유일했기 때문이다. 하지만 나는 잠시 생각하다가 결국 털어놓았다.

"소설가가 되는 건 가장 기본적인 단계이고, 나의 궁극적인 꿈은 무한히 위대한 소설을 쓰는 거야."

그 말에 경서는 걸음을 멈췄다.

"무한히…… 위대한 소설이라고?"

"맞아."

"그게 그러니까, 음, 구체적으로 어떤 거지?"

"간단해. 말 그대로 무한하게 위대한 소설이야. 작품성이 무한히 훌륭한 소설인 거지."

경서는 잠시 입을 벌리고 나를 쳐다봤다.

"무한대로 위대한 소설?"

"그렇지."

"세상에, 세상에……."

경서가 중얼거리며 머리를 흔들었다. 나는 조심스럽게 물었다.

"네가 생각하기에도 허무맹랑한 것 같지?"

"아니, 아니야. 그래서 그런 게 아니고, 나는 단지, 뭐랄까……."

경서는 잔뜩 인상을 썼다.

"정말 멋진 꿈이야. 솔직히 방금 아주 놀랐어. 네가 쓴《로봇 교사》를 읽었을 때보다 더 놀랐어."

"왜?"

"여태까지 살면서 꿈이 무한을 만드는 거라는 사람은 본 적이 없거든."

"그렇지, 좀 이상하긴 하지."

"아냐, 이건 이상한 게 아니라 정말 굉장한 거야."

경서는 내 얼굴을 빤히 들여다보며 말했다.

"무한히 위대한 소설이라……. 언제부터 그런 꿈을 갖게 된 거야?"

"초등학생 때부터."

"왜? 어떤 계기가 있어?"

"특별한 계기는 없어. 그냥 혼자서 계속 생각을 하다가 도달한 결론이야. 그러니까 이런 거지. 작품성이 뛰어난 소설을 읽으면서 우리는 재미와 감동을 느끼고 더 높은 인식에 도달하게 되잖아. 그 외에도 우리 머릿속에서 많은 작용이 이루어지지. 그래서 나는 한번 생각해 봤어. 훌륭한 소설이 주는 이런 느낌들을 무한히 극대화시킬 수는 없을까? 그리고 그런 소설을 내가 쓸 수는 없을까? 그렇게 생각하다 보니 자연스럽게 그게 내 꿈이 된 거지."

경서는 한동안 생각에 잠긴 채 침묵했다. 나도 침묵을 유지하면서 옆에서 말없이 걸어갔다.

"그런 소설을 나도 꼭 한 번 읽어 보고 싶다."

마침내 경서가 입을 열었다.

"무한히 위대한 소설은 과연 어떤 내용일까?"

"글쎄, 솔직히 나도 잘 모르겠어."

"쓰려고 시도해 본 적 있어?"

"그냥 몇 년째 계속 구상만 하고 있기는 해."

그 말에 경서는 눈을 치켜떴다.

"그 소설을 구상하고 있었구나!"

"아, 근데 구체적인 내용은 아직 전혀 정하지 않았어. 그냥 추상적인 차원에서 아이디어가 떠오를 때마다 계속 메모만 하고 있어."

"그럼 추상적인 내용이라도 말해 줘."

나는 잠시 입을 다물었다. 정말 이런 것까지 말해도 될까? 하지만 옆에서 경서가 재촉했다.

"빨리, 듣고 싶어."

"음, 알겠어. 그러니까 내가 떠올린 대략적인 줄거리는 이런 거야."

나는 헛기침을 한 번 한 뒤 말을 이었다.

"목동에 사는 어떤 고등학생이 있어. 그 아이는 부모님과 학교가 주는 입시에 대한 압력으로 질식하기 직전이야. 그런 상황을 견디지 못하고 그 아이는 결국 부모님과 크게 싸우고 집을 나오게 돼. 가출을 하는 거지. 그리고 목동을 돌아다니면서 신비로운 모험을 하게 돼. 그 모험의 과정에서 주인공의 내면에도 큰 변화가 일어나. 그래서 외부의 모험과 내면의 변화가 섞이면서 주인공의 정신은 점점 상승하게 돼. 그리고 끝에 이르러서 그 아이는 신이 되는 거야."

"신?"

"그래, 신. 무한한 존재가 되는 거지. 대충 이런 이야기야."

경서는 잠시 생각하다가 물었다.

"넌 신을 믿는구나."

"아냐, 난 신 같은 거 믿지 않아. 종교도 없어."

"그래? 그런데 왜……."

"내 소설 속에서 나오는 신이라는 개념은 정신적으로 무한히 위대한 수준에 도달한 인간을 말하는 거야. 궁극적인 경지에 도달한 거지."

"음, 무슨 말인지 알 것 같아."

"그래서 중요한 건 그 아이가 신이 되어 가는 과정에서 소설을 읽는 독자의 정신도 조금씩 상승하는 거야. 그리고 마지막 순간 독자의 정신도 무한히 상승하는 거지. 그래서 끝에 이르면 이야기 속의 주인공과 현실의 독자가 완전한 합일을 이루는 거야."

나는 그렇게 말한 뒤 어깨를 으쓱했다.

"대충 이런 내용이야."

우리는 다시 침묵 속에서 잠시 걸었다. 경서는 내가 한 말을 한참 동안 생각하는 것 같았다.

마침내 경서가 입을 열었다.

"그건 네 이야기네."

"응?"

"그 소설의 줄거리 말이야. 소설 속 주인공이 너 아니야?"

당연히 아니지. 나는 그렇게 말하려고 했다. 하지만 막상 아니라고 단언하려니 혼란스러워졌다.

그런가? 이건 내 이야기인가?

"네 이야기가 맞는 것 같은데."

경서가 미소를 지었다.

"그 소설의 제목이 뭐야?"

"아직 안 정했어."

"내가 정해 줄까? '목동의 신' 어때?"

"에이, 그건 별로다. 너무 단순하잖아."

"그런가? 음, 그러면……."

경서는 잠시 턱을 문질렀다.

"그럼 '목동의 예쁜 신'은 어때?"

나는 경서를 돌아봤다. 경서는 진지한 표정이었다.

"왜 '목동의 예쁜 신'이야?"

"네가 예쁘니까."

어이가 없어서 나도 모르게 입이 딱 벌어졌다.

"내가 예쁘다고?"

"그래."

"내가 무슨……, 뭔 소리야."

나는 헛웃음을 터뜨렸다.

"정신 차려. 예쁘다는 표현은 나한테는 절대 쓸 수가 없어."

"자세히 보면 예쁜데. 넌 특히 손이 아주 예쁘잖아."

경서는 여전히 진지한 얼굴이었다.

"내가 손이 예쁘다고?"

"그래. 몰랐어?"

나는 내 두 손을 들여다봤다.

"음, 이게 예쁜 건지 모르겠는데. 솔직히 말하면 난 네가 내 손에 대해 말하기 전까지는 나한테 손이 달렸다는 것조차 잊고 있었어."

"뭐야, 이렇게 예쁜 손을 갖고 있었으면서 여태 몰랐던 거야?"

나보다 경서가 오히려 황당하다는 표정이었다.

"네가 아마 전교에서 제일 손이 예쁠걸?"

"그 정도야?"

"이것 봐, 손이 아주 하얀데다가 손가락도 가늘고 길잖아. 손톱도 보기 좋은 분홍색이고."

나는 다시 내 손을 내려다봤다. 듣고 보니 그런 것 같기도 했다.

"근데 넌 내 손이 예쁜 걸 어떻게 알았어?"

"예쁘니까 눈에 띈 거지. 넌 그럼 아름이가 예쁜 걸 어떻게 알았냐?"

"그런가? 근데 난 왜 여태까지 몰랐던 거지?"

경서가 미소를 지었다.

"넌 너 자신에 대해서 너무 모르는 것 같아. 하긴 너만 그런 게 아니야. 나도 그렇고, 우린 다들 자기 자신에 대해서는 모르는 게 너무 많은 것 같아."

우리는 어느새 파리공원을 지나고 현대백화점을 지나고 있었다. 우리는 수많은 상점들의 쇼윈도 사이를 지나갔다. 나는 걸어가면서 경서가 한 말을 계속 생각했다.

한동안 조용하던 경서가 다시 입을 열었다.

"아름이한테는 말했냐?"

"뭘?"

"네가 걔를 좋아하는 거 말이야."

"아, 그거…… 당연히 아직 말 못 했지."

"저런, 저런. 너무 느려. 내가 여러 번 말했잖아. 그냥 바로 고백하라고."

"야, 아무리 생각해도 그건 너무 위험한 것 같아. 내가 아름이랑 아직 잘 알지도 못하는 사이인데 갑자기 고백을 하는 건 아름이가 너무 부담스러울 것 아냐."

"그럼 언제 말할 건데?"

"적당한 때가 되었을 때……."

"그게 언제인데?"

사실 나도 몰랐다. 경서가 말을 이었다.

"잘 모르는 상태에서 고백을 하는 게 꼭 나쁜 일이 아닐 수도 있어. 물론 처음에는 당황할 수도 있겠지. 하지만 네가 고백을 하면 아름이가 너에게 없던 관심을 가질 수도 있지. 그리고 점점 더 좋아질 수도 있고. 물론 네가 부담스러우면 안 해도 돼. 다만 그것도 하나의 방법일 수는 있다는 거야."

그런가?

"그리고 아름이는 우리랑 다른 반이잖아. 자주 만나기 힘들잖아. 그래서 너랑 계속 떨어져 있으니까 천천히 알아갈 기회도 별로 없지. 이렇게 계속 시간이 가다 보면 아름이가 다른 남자에게 고백을 받을지도 몰라."

그 말에 나는 정신이 번쩍 들었다.

"헉! 그런가?"

"아름이는 예쁘니까 그럴 가능성이 높지. 언제라도 남친이 생겨도 이상하지 않잖아."

나는 충격과 불안으로 걸음을 멈췄다. 그런 내 표정을 보고 경서가 고개를 끄덕였다.

"그래, 충분히 그럴 수 있어."

"그, 그럼…… 어떻게 해야 하지? 네 말대로 빨리 고백을 해야 하나?"

"그것도 하나의 방법이고. 사실 나도 잘 모르겠다."

경서가 어깨를 으쓱했다.

"넌 어떻게 하고 싶어?"

"나도 모르겠어."

나는 고개를 저었다.

"나도…… 나도 잘 모르겠어."

"흠."

경서는 눈살을 찌푸린 채 잠시 하늘을 쳐다보다가 말했다.

"그럼 이렇게 하는 건 어때? 너는 글을 잘 쓰니까 편지로 고백을 하는 거야."

"편지로?"

"그래. 직접 얘기하는 건 힘들잖아. 그러니까 편지로 네 마음을 전하는 거지. 그렇게 하면 너나 아름이나 부담이 덜할 거 아냐."

그런 방법이 있구나! 나는 입을 딱 벌리고 경서를 바라봤다. 그 모습에 경서는 웃음을 터뜨렸다.

"어때, 이건 마음에 들어?"

"아주 좋은 생각이야. 편지를 쓴다……. 왜 그 생각을 못했지?"

"사람이 한 가지 생각에 너무 몰두하면 오히려 답을 찾지 못할 수가 있지. 물론 내 말이 정답이라는 뜻은 아니야. 이건 그냥 하나의 방법에 불과해."

"아니야, 네 말이 맞아. 정말 좋은 생각이야. 집에 가서 바로 편지를 써야겠어."

"하하, 뭘 그렇게 서두르고 그래?"

"아니 지금까지 네가 서둘러서 고백하라며? 벽치기 하고 고백하라고 했던 건 너였잖아."

"그건 내가 그런 스타일을 좋아하니까 그런 거고. 물론 그것도 하나의 방법이긴 하지만."

그렇게 말하면서 경서는 앞에 있는 아파트를 가리켰다.

"여기가 우리 집이야."

"아, 그래? 여기 사는구나."

경서는 아파트 현관 계단 앞에 서서 내 팔을 톡 쳤다.

"잘 가, 목동의 예쁜 신. 내일 보자고."

"그래, 너도 잘 가. 오늘 즐거웠어."

나는 계단을 올라가는 경서에게 손을 흔들었다. 그리고 경서의 모습이 사라진 뒤 몸을 돌리다가 한 가지 생각이 머리를 스쳤다.

경서에게 너의 궁극적인 꿈은 무엇이냐고 물어보지 않았던 것이다.

거리에서

그날 집에 돌아온 나는 아름이에게 뭐라고 편지를 쓸지 고민했다. 나는 종이를 꺼내서 연습 삼아 몇 자 적어 봤다.

아름이에게.

아름이에게? 이렇게 시작해도 되나? 어떻게 시작해야 할까? 친애하는 아름이에게? 아냐, 그건 더 아니야.

나는 그날 계속 고민을 하다가 저녁 늦게야 잠이 들었다.

다음 날 학교에 가서도 나는 계속 아름이에게 쓸 편지의 내용을 생각했다. 이건 수백 페이지의 《로봇 교사》를 쓸 때보다 더 어려웠다. 나는 공책에 이런저런 문장들을 적다가 줄을 긋고 다른 문장을 쓰기를 반복했다.

"뭐 하냐?"

쉬는 시간에 승현이가 다가와서 물었다. 나는 재빨리 공책을 닫았다.

"그냥 소설 구상을 좀 하고 있었어."

"어때, 요즘 구상은 잘 돼?"

"그냥 그렇지 뭐. 할머니는 어때, 좀 나아지셨어?"

"응, 하루 푹 쉬고 나니까 많이 좋아지셨어."

그때 경서가 다가왔다.

"승현이 왔구나. 어제 네가 보고 싶어서 태용이랑 많은 얘기를 했지. 우리 어제 야자 쨌거든."

그러면서 경서는 나에게 윙크를 했다.

"야자를 쨌다고?"

승현이가 눈을 치켜떴다.

"근데 담임이 오늘 아침에 뭐라고 안 하던데?"

"그러게. 잊어버렸나."

나는 두 사람과 대화를 하면서도 마음속 한구석에 쓰지 못한 편지지가 계속 늘어붙어 있는 것만 같았다.

그날 수업이 다 끝나고 나는 경서와 승현이에게 일이 있어서 먼저 간다고 하고는 재빨리 아름이네 반으로 달려갔다. 하지만 아름이네 반은 우리 반보다 종례를 먼저 끝냈는지, 아름이는 이미 집에 간 것 같았다. 나는 허탈한 기분이 들었다.

그날 학원에 가서도 나는 계속 편지 생각을 했다. 애초에 편지를 쓰는 게 맞는 일이긴 할까? 좀 친해진 다음에 편지를 써야 하나? 하지만 경서 말도 맞았다. 아름이와 난 서로 알아갈 기회가 많지 않았다. 내가 쉬는 시간마다 아름이를 찾아가는 것도 이상할 것이다. 그러면 학교가 끝날 때마다 아름이와 같이 집에 갈까? 그 작전도 나쁘지는 않겠다. 하지만 내가 그렇게 천천히 접근하는 사이에 다른 애가 먼저 아름이와 사귀게 된다면?

나는 공책에 문장을 적었다.

아름이가 다른 아이와 사귀지 않았으면 좋겠어.

물론 편지에 그런 말을 쓸 수는 없었다. 내가 그런 생각들에

푹 파묻힌 사이에 학원이 끝나고 나는 집으로 걸어왔다.

나는 내 방으로 들어와 책상 앞에 앉았다. 그리고 한참을 생각하다가 공책을 펴고 글을 쓰기 시작했다.

나는 쓴 글을 밤새 고치고 또 고쳤다. 내가 글을 완성했을 때는 아침이 밝아오고 있었다.

나는 서랍을 뒤져서 예쁜 편지지와 편지 봉투 하나를 꺼냈다. 왜 산 것인지는 기억이 안 나지만 옛날에 샀던 것이었다. 나는 완성한 글을 편지지에 정갈한 글씨로 옮겨 썼다. 그런 뒤 종이를 접어서 예쁜 봉투 안에 넣었다.

나는 편지 봉투를 구상 공책 가운데에 끼운 다음 책가방을 챙겼다. 밤새 잠을 못 자서 피곤했지만 졸리지는 않았다. 학교로 향하는 내 발걸음은 가볍지는 않았지만, 그렇다고 너무 무겁지도 않았다. 긴장과 불안과 설렘이 내 마음속에서 소용돌이 쳤다.

나는 교실에 들어와 내 자리에 앉았다. 그리고 가방을 책상에 걸어놓은 뒤 잠시 앉은 채로 숨을 골랐다. 가슴이 쿵쾅거렸다. 이 편지를 언제 전할까? 1교시가 끝난 다음에? 아니면 오늘 점심시간에?

내가 오늘 일찍 왔기 때문에 교실에는 아직 다른 아이들이 많지 않았다. 경서와 승현이도 없었다. 나는 한산한 교실에서 안절부절못하다가 가방에서 구상 공책을 꺼내 공책 틈에 끼워 둔 편지를 꺼냈다.

나는 조심스럽게 봉투를 열고 종이를 꺼내 편지를 다시 한번 읽었다. 딱히 명문은 아니었다. 하지만 여기서 무리하게 더 잘 쓰려고 하면 너무 멋 부린 문장이 될 것 같았다. 딱 이 정도가 진실하게 느껴지는 문장이라고 생각되었다.

나는 편지를 다시 봉투 안에 넣었다. 그리고 잠시 생각하다가 자리에서 벌떡 일어나 교실을 나갔다.

아름이의 교실로 가면서도 나는 이 편지를 아름이에게 정말 지금 줘야 하는 게 맞는지 확신할 수 없었다. 나는 복도를 걸어 가면서 아름이가 교실에 없기를 바랐다. 아직 이른 시각이라 아름이가 등교하지 않아도 이상할 건 없었다. 그러면 편지를 주지 않아도 되니까. 하지만 한편으로는 아름이가 있기를 기대했다. 내가 생각하기에도 모순적인 마음이었다. 왜 이런 마음이 드는 걸까? 나는 심장이 세차게 뛰는 것을 느끼며 마침내 아름이의 반에 도착했다.

복도 창문 너머로 들여다보자 아름이가 앉아 있는 게 보였다. 아름이는 자기 자리에 앉아서 책을 읽고 있었다. 그 모습을 보자 심장이 더 세게 뛰었다. 나는 너무 떨려서 천천히 숨을 내쉬었다.

어떡하지? 지금 들어가서 편지를 줘야 하나? 아름이의 반에도 아직 학생들이 별로 없었다. 지금처럼 조용할 때 들어가서 편지를 주는 게 나을 것이다. 시간이 지나고 아이들이 많아졌을 때 편지를 주면 시끄러운 관심을 받을 게 분명했다. 나는 교실로 들어가려다가 다시 벽에 기대고 숨을 몰아쉬었다. 심장이 너무 떨렸다. 아름이에게 뭐라고 하면서 편지를 줘야 할까? 그냥 우편배달부처럼 아무 말 없이 편지만 슥 내밀고 가는 건 이상했다. 뭐라고 해야 하지?

나는 애써 마음을 진정한 다음 교실 문을 열고 안으로 들어갔다. 그리고 아름이를 향해 걸어갔다.

아름이는 책을 읽다가 고개를 들고 나를 쳐다봤다. 아름이 눈이 동그래졌다.

"안녕."

나는 어색하게 웃으며 인사했다.

"태용이? 여긴 무슨 일이야?"

"그게, 그러니까……."

나는 우물쭈물하다가 손에 들고 있던 편지를 아름이의 책상 위에 내려놓았다.

"너한테 줄 편지를 썼어."

아름이가 의아한 표정으로 편지를 집어 들었다.

"무슨 편지인데?"

"음, 그러니까……, 읽어 보면 알 거야."

아름이가 여전히 의아한 표정으로 나를 올려다봤다. 나는 허둥지둥 말을 이었다.

"한번 읽어 봐. 그럼 우리 다음에 보자."

그리고 나는 재빨리 몸을 돌려 교실을 나갔다. 그리고 종종걸음으로 우리 반으로 돌아왔다.

나는 우리 반 교실에 들어와 내 자리에 앉아서 숨을 골랐다. 가슴이 너무 뛰어서 진정하기 어려웠다. 아름이가 편지를 읽고 어떤 반응을 보일까? 나는 편지에 간결하면서도 분명하게 적었다. 널 좋아한다고.

내가 웅크리고 앉아 있는데 경서가 다가왔다.

"태용아, 좋은 아침."

경서는 내 표정을 보더니 물었다.

"야, 무슨 일 있냐? 교통사고라도 목격했어?"

"그게 아니라 네 말대로 했어."

"뭘?"

"아름이한테 편지로 고백했어."

경서가 입을 쩍 벌렸다.

"진짜? 언제?"

"방금. 아름이네 반에 가서 편지를 주고 왔어."

경서는 잠시 입을 크게 벌리고 있더니 갑자기 하늘을 향해 포효했다.

"지렸다!"

"쉿, 조용히 해."

그때 가방을 멘 승현이가 교실 안으로 들어왔다. 승현이는 우리에게 곧장 다가왔다.

"뭘 지려?"

"야, 태용이가 아름이한테 고백했대!"

"쉿! 조용히 하라고!"

그러자 승현이도 입을 딱 벌렸다. 그 모습을 보면서 경서가 낄낄거렸다. 승현이가 물었다.

"태용아, 진짜야?"

나는 고개를 끄덕였다.

"설마 애 말대로 벽치기를 한 거야?"

"아니, 편지로 고백했어. 방금 전에 주고 왔어."

"아, 편지로 전했구나."

그러자 승현이는 다소 안심했다는 표정을 지었다.

"그래서 아름이가 뭐래?"

"편지를 주자마자 바로 돌아왔어."

"세상에, 세상에."

승현이가 혀를 내두르는 가운데 경서가 신이 나서 물었다.

"태용아, 손자 이름은 뭘로 할래?"

"조용히 해. 아름이가 고백을 아직 받아 준 것도 아니잖아."

"당연히 받아 주겠지. 태용아, 너 진짜 개씹상남자다. 역시 천재 작가는 달라."

나는 경서의 대책 없이 낙관적인 태도에 웃음이 나왔다. 옆에서 승현이도 웃고는 있었지만 얼굴이 마냥 밝지만은 않았다.

"그래서 이제 어떻게 할 거야?"

승현이가 물었다.

"나도 모르겠어. 일단 편지를 주긴 했으니까 아름이의 반응을 봐야지."

"아름이야 당연히 감동하겠지. 네가 글을 잘 쓰니까 편지도 존나 잘 썼을 거 아니야."

경서가 말했다.

"잘 쓰진 않았어. 대신 밤새도록 열심히 쓰긴 했지."

"그럼 게임 끝났네. 태용이야 뭐 글로 천하를 통일했으니 여심을 정복하는 것도 문제없겠지."

그 말에 나는 어처구니가 없어서 웃음이 나왔다. 그래도 경서 덕분에 긴장이 조금 풀렸다. 승현이도 내가 고백했다는 말에 살짝 긴장한 듯했지만, 그 역시 경서의 말에 긴장이 좀 풀린 모양이었다.

그날 1교시가 끝나고 2교시가 지날 때까지도 아무 일도 일어나지 않았다. 나는 아름이에게 가서 고백에 대한 답을 들어볼까 했지만 떨려서 도저히 갈 수가 없었다. 그렇지만 아름이가 나한테 찾아오는 것도 이상하지 않을까? 아무래도 내가 가는 게 나을 것 같기는 했다. 하지만 말했다시피, 너무 떨렸다.

결국 나는 3교시 내내 안절부절못하다가 수업이 끝나자 자리에서 일어났다. 그리고 교실을 나와서 아름이네 반으로 향했다.

쉬는 시간이라 복도에는 아이들이 재잘거리며 지나가고 있었다. 나는 아이들 사이를 지나서 아름이네 교실이 있는 복도에 접어들었다. 그런데 그 순간 교실에서 나오는 아름이가 눈에 띄었다.

내가 당황해서 멈춰선 순간 아름이도 나를 발견했다. 아름이도 잠시 당황한 듯했다. 우리는 잠시 서로를 보며 서 있었다. 나는 긴장으로 떨리는 다리를 떼어 아름이에게 조심스럽게 걸어갔다.

"저기, 아름아."

아름이가 나를 보며 어색하게 웃었다. 나도 어색한 미소를 지었다.

"편지 읽어 봤니?"

"응."

나는 다음으로 해야 할 말이 생각나지 않아 잠시 머뭇거렸다. 아름이도 마찬가지인 듯했다. 아름이가 먼저 입을 열었다.

　"편지 고마워. 잘 읽었어."

　"아, 그래."

　우리는 잠시 말없이 어색하게 서 있었다.

　"그래서 네 대답은…… 어떤 거야?"

　내가 물었다.

　"음, 그러니까……."

　아름이는 잠시 난처한 표정을 짓더니 말했다.

　"난 네가 좋은 친구라고 생각해."

　"친구?"

　"응. 우리 그러니까 친구로 지내자."

　"아…… 그렇구나."

　나는 고개를 끄덕였다. 아름이가 재빨리 말했다.

　"정말이야. 넌 좋은 친구야. 그러니까 앞으로도 친하게 지냈으면 좋겠어."

　나는 할 말이 생각나지 않았다. 그래서 머뭇거리다가 간신히 말했다.

"음, 그래. 고마워."

"응, 나도."

우리는 몇 초 동안 그렇게 서 있었다. 이윽고 내가 말했다.

"알겠어, 그럼 난 가 볼게. 시간 뺏어서 미안해."

"아니야, 괜찮아."

"안녕."

"다음에 보자."

우리는 서로 손을 흔들고 헤어졌다. 나는 몸을 돌려 복도를 되돌아갔다.

교실에 들어가서 자리에 앉자 경서와 승현이가 다가왔다.

"태용아, 어떻게 됐어?"

경서가 물었다.

"친구로 지내자고 하네."

"친구? 무슨 친구?"

"그냥 친구."

"아……."

경서와 승현이는 잠시 말없이 시선을 교환했다. 그들이 나에게 어떤 위로의 말을 해 줘야 할지 고민하는 게 느껴져서 나는 재빨리 말했다.

"난 괜찮아. 어쩔 수 없지 뭐."

"음, 태용아, 유감이다."

승현이가 내 어깨를 만졌다. 나는 웃으면서 고개를 저었다.

"아니야, 난 괜찮아. 진짜야."

경서도 내 어깨에 손을 올렸다.

"태용아, 힘내."

"고마워."

거절을 당하는 게 생각만큼 슬프지는 않았다. 하지만 이상하게도 그날은 하루 종일 기운이 없었다. 나는 쉬는 시간에도 자리에 계속 앉아 있었다. 경서와 승현이는 나를 위로하는 말을 많이 해 줬다. 나는 고맙다고 했다. 하지만 이상하게도 아무 감정이 들지 않았다.

학교가 끝나고 나는 경서와 승현이와 함께 교문을 나왔다. 우리는 말없이 한참 동안 걷다가 서로의 집 앞에서 헤어졌다. 헤어지면서 경서와 승현이는 나에게 다시 위로를 건넸다. 나는 고맙다고 했다.

무기력한 상태는 그날 종일 이어졌고, 다음 날 아침에 일어나도 마찬가지였다. 나는 약간 우울하고 많이 무기력한 상태로 아침을 먹고 교복을 입고 학교에 갔다. 그날 점심시간에 나는 경서와 승현이에게 말했다.

"오늘 동아리 모임은 난 빠질게."

"뭐라고?"

경서가 물었다.

"그리고 앞으로도 가지 않을 생각이야. 동아리 탈퇴하려고."

"아니, 왜……."

경서는 크게 당황한 표정이었다. 승현이도 마찬가지였다. 승현이가 말했다.

"태용아, 오늘은 빠지더라도 동아리를 탈퇴하는 건 좀 더 생각해 보자."

"그래, 네가 없는 문학 동아리는 마라 빠진 마라탕이야."

나는 고개를 저었다.

"아니야, 앞으로는 하고 싶지 않아."

"그래도 좀 더 생각해 보지……."

경서는 나를 더 설득하고 싶어 하는 것 같았지만 승현이가 제지했다. 승현이는 착잡하고 슬픈 표정이었다.

"네가 그렇게 생각한다면 알겠어."

그날 학교가 어떻게 끝났는지 잘 기억이 나지 않는다. 나는 터덜터덜 걸어서 집으로 돌아와 내 방 책상 위에 엎드렸다. 그렇게 얼마나 있었는지 모르지만 엄마가 내 방문을 열었다.

"학원 갈 시간이잖아. 뭐 하고 있어?"

나는 말없이 일어나 가방을 메고 집을 나왔다. 그리고 터덜터덜 걸어서 학원으로 향했다. 하지만 그러다가 곧 마음을 바꿨다. 오늘은 학원에 가고 싶지 않았다. 그래서 발걸음을 돌려 정처 없이 걷기 시작했다.

한참을 걷다가 나는 내가 아까부터 계속 아름이 생각을 하고 있다는 것을 깨달았다. 나는 눈물을 닦았다. 몸이 너무 무거워서 걸음을 옮기기 어려울 지경이었다.

나는 거리에 있는 벤치에 주저앉았다. 그리고 다시 눈물을 닦았다. 나는 주머니에서 스마트폰을 꺼내 아름이의 인스타그램 계정으로 들어갔다. 그리고 사진들을 하나씩 넘겨보다가 아름이의 셀카에서 멈췄다. 사진 속의 아름이는 예쁜 미소를 짓고 있었다. 나는 다시 눈물을 닦았다.

내가 한참 동안 아름이의 사진을 보고 있는데 갑자기 휴대폰에서 벨소리가 울렸다. 엄마가 건 전화였다. 나는 전화를 받았다.

"야! 너 지금 어디야!"

엄마가 소리를 질렀다. 나는 주변을 둘러봤다.

"여기 그러니까…… 목동 어딘가인데……."

"너 또 학원 빠졌지? 내가 너 학원 빠지지 말라고 했잖아!"

아, 또 엄마한테 들켰구나. 내가 학원을 빠지면 그 즉시 알려 달라고 엄마가 학원에 말해 두었다는 것이 떠올랐다. 그걸 잊고 있었네.

"너 당장 집으로 와! 알겠어?"

그러더니 전화가 끊어졌다.

나는 한숨을 쉬며 자리에서 일어났다. 그리고 무거운 발걸음을 옮겨 집으로 향했다.

현관문을 열고 들어가자 엄마와 아빠가 나를 험악하게 노려보았다.

"너 또 학원 빠지면 용돈 끊겠다고 했지!"

엄마가 소리쳤다. 나는 고개를 주억거렸다.

"학원 빠지고 어디 갔어? 또 PC방 갔어?"

아빠가 물었다.

"그냥 돌아다녔어요."

"그러니까 어딜 돌아다녔냐고?"

"나도 몰라요. 그냥 아무데나."

아빠가 애써 화를 참으며 숨을 몰아쉬었다.

"야, 넌 아주 공부할 생각이 없냐?"

"네."

"뭐라고? 지금 뭐라고 했어?"

"공부할 생각이 없어요."

나는 솔직하게 말했다.

"왜, 또 대학 안 가겠다고 하려고?"

엄마가 물었다.

"네. 말했다시피 전 대학에 별로 가고 싶지 않아요."

"그건 네 선택이 아니야! 너한테는 선택권이 없어 인마!"

아빠가 소리쳤다. 나는 짜증이 났다.

"알았어요, 알았으니까 소리 좀 그만 질러요. 왜 맨날 소리를 지르고 그래."

"네가 말을 안 들으니까 그러지!"

"아, 소리 지르지 말라니까. 진짜 짜증 나네."

"뭐? 짜증 나?"

아빠가 다가와서 내 머리를 쥐어박았다.

"이게 어디서 반항하고 있어?"

"아야, 왜 그래? 그만 좀 해."

그러자 엄마도 외쳤다.

"뭘 그만해? 내가 말했지, 너 대학 안 갈 거면 집에서 나가라
고. 너 같은 거 필요 없으니까 집에서 나가!"

"나가면 어디로 가라고?"

"그거야 내 알 바 아니지. 네가 길거리에서 굶어 죽든 얼어
죽든 내 알 바 아니야."

"진짜 너무하네."

"뭐가 너무해?"

"아니, 그러고도 부모 맞아요? 대학 안 가면 나가서 죽으라는
게 부모 맞냐고."

그러자 엄마와 아빠는 입을 쩍 벌렸다. 아빠가 더듬거렸다.

"이게, 이게 어디서 그딴 소리를……."

"그딴 소리는 엄마 아빠나 그만해. 진짜 지겨워 죽겠어. 내가 대학을 안 가겠다는데 왜 엄마 아빠한테 이렇게 혼나야 되는 거야? 내가 대학을 안 가서 엄마 아빠한테 무슨 피해를 줬다고 이러는 거야?"

엄마와 아빠의 얼굴에 경악이 번졌다. 나는 그 표정이 조금 우스꽝스럽다고 생각했다. 엄마가 더듬거렸다.

"이런 미친놈을 봤나, 이런 미친……."

갑자기 아빠가 달려들어서 내 멱살을 잡았다.

"야, 너 나가. 너 필요 없어. 너 같은 거 필요 없으니까 나가!"

"알았어, 나가면 되잖아!"

나는 소리를 지르며 아빠를 뿌리쳤다.

"나가면 될 거 아냐! 이런 좆 같은 집에서 나도 더 이상 살고 싶지 않아."

"뭐? 너 지금 뭐라고 그랬어?"

나는 엄마의 질문에 답하지 않고 신발을 신고 현관문을 열고 나갔다. 엄마가 뒤에서 나를 소리쳐 불렀지만 나는 대답하지 않았다.

내가 엘리베이터를 타고 1층으로 내려가자 주머니 속의 휴대폰이 울렸다. 엄마가 건 전화였다. 나는 전화를 받았다.

"야! 너 당장 안 들어와?"

엄마가 소리를 질렀다.

"나가라며?"

"그래? 그럼 너 들어오지 마. 문 잠그고 안 열어 줄 거야. 알았어? 썩 꺼지라고!"

나는 전화를 끊고 주머니에 휴대폰을 집어넣으며 중얼거렸다.

"거지 같은 인간들."

나는 아파트 단지를 나와 슈퍼마켓을 지났다. 그런데 그 순간 머릿속에 한 가지 생각이 떠올랐다.

근데 이제 어떻게 하지?

어떻게 하긴, 알아서 살아야지.

나는 걸으면서 생각에 잠겼다. 큰일 났네. 주머니에 돈도 별로 없고, 당장 오늘 밤 잘 곳도 없는데 어디로 가지? 하지만 엄마 아빠한테 욕까지 해 버린 마당에 집으로 돌아갈 수는 없었다.

나는 착잡한 기분으로 계속 거리를 걸었다. 걸으면서 여러 가지 생각이 머리를 스쳤다. 아름이에게 차인 일부터 해서 이제 앞으로 어떻게 해야 할지, 과연 앞으로의 인생에서 소설을 계속 쓸 수나 있을지도 고민이 되었다. 오늘밤 당장 잘 곳이 없고 먹을 게 없는데《목동의 예쁜 신》을 완성할 수 있을까? 그 책을 완성하려면 일평생이 걸릴 텐데 말이다. 버지니아 울프의 말이 맞았다. 소설을 쓰기 위해서는 자기만의 방과 일정한 수입이 있어야 했다. 하지만 안타깝게도 나에게는 둘 다 없었다. 나는 지금까지 어렴풋하게 느끼던 사실을 이제야 비로소 분명하게 깨달았다. 무한을 창조하려면 집과 돈이 필요했다. 무한히 큰 집이나 무한한 돈일 필요는 없었다. 작은 집, 작은 돈이라도 나만의 것이 필요했다. 그게 없으면《목동의 예쁜 신》을 쓸 수가 없었다.

흠, 그러고 보니 지금 나도 모르게 무한히 위대한 소설의 제목을 '목동의 예쁜 신'이라고 생각하고 있었네. 나는 곰곰이 생각한 끝에 경서가 지어 준 그 제목이 나름대로 잘 어울린다고 생각했다. 무한히 위대한 소설의 제목으로 '목동의 예쁜 신' 정도면 나쁘지 않았다. 문제는, 그 책은 이제 손에 잡히지 않고 신기루처럼 사라질 위기에 놓였다는 것이다.

나는 계속 걷다가 공원 벤치에 앉았다. 몸에 힘이 없었다. 그리고 저녁을 먹지 않아서 배가 고팠다. 엄마 말대로 길거리에서 굶어 죽게 생겼다. 죽으면 안 되는데. 무한히 위대한 소설을 쓰기 전에는 죽을 수 없었다. 하지만 어쩔 수 없었다. 배가 고팠다.

나는 벤치에 한참 동안 앉아 있다가 자리에서 일어나 다시 걷기 시작했다.

나는 그날 밤새워 양천구를 배회했다. 졸음과 허기 때문에 점점 견디기 어려웠다. 무기력하게 좀비처럼 걷고 있는 내 머리 위 하늘에서 아침 어스름이 번지고 있었다.

나는 힘이 빠져서 길거리에 그냥 주저앉았다. 길가에는 사람이 아무도 없었다. 도로에 가끔 차가 한 대씩 지나갈 뿐이었다. 눈에 띄는 사람은 24시간 편의점 안에 있는 직원뿐이었다.

내가 그렇게 길바닥 위에 웅크리고 있는데 휴대폰이 울렸다. 나는 주머니에서 휴대폰을 꺼냈다. 엄마였다.

나는 잠시 망설이다가 전화를 받았다.

"너 어디야?"

엄마는 예상 외로 차분한 목소리였다.

"목동에 있어요."

"목동 어디?"

"그냥 길거리에 있어요."

엄마가 한숨을 쉬는 소리가 들렸다.

"빨리 집으로 돌아와. 학교 가야 할 거 아냐."

나는 잠시 침묵하다가 고개를 끄덕였다.

"알았어요."

그러자 엄마는 전화를 끊었다.

나는 바닥에서 일어나 집을 향해 걸어갔다. 온몸이 물에 젖은 솜처럼 무거웠다. 그게 진짜로 몸이 무거워서인지, 아니면 마음이 무거워서 그런 것인지는 알 수 없었다.

집에 도착해서 현관문을 열자 엄마가 거실에 앉아서 내 교복을 다림질하고 있었다. 아빠는 이미 출근하고 없었다.

"빨리 입고 학교 가."

나는 말없이 교복으로 갈아입고 가방을 멨다. 그리고 다시 집을 나섰다.

변곡점

그날 나는 하루 종일 학교에서 잠만 잤다. 운이 좋게도 4교시까지 어떤 선생님도 나를 깨우지 않았다. 그게 어떻게 가능한 건지 모르겠지만, 아무튼 나는 수업 시간에도 쉬는 시간에도 계속 책상에 엎드려 잤다.

내가 깨어났을 때는 점심시간이었다. 나는 자리에서 일어나 기지개를 켰다.

"태용아, 일어났냐?"

승현이가 다가와 물었다.

"어제 밤 샜어? 하루 종일 자네. 졸린 것 같아서 안 깨웠어."

"응, 어제 잠을 못 잤거든."

승현이는 안쓰러운 눈으로 나를 잠시 바라보다가 말했다.

"가자. 점심 먹어야지."

나는 승현이와 경서와 함께 식당으로 내려갔다. 두 사람은 내가 밥을 먹는 모습을 말없이 지켜봤다. 우리는 서로 아무 말도 하지 않고 밥을 먹었다. 식사를 끝낸 후 나는 교실로 돌아와서 책상 위에 엎드려 다시 잠을 잤다.

깨어났을 때는 어느새 마지막 수업이 끝난 직후였다. 오늘 하루는 잠만 자다가 완전히 사라져 버린 것이다. 종례가 끝나고 나는 경서와 승현이와 함께 나란히 교문을 나왔다. 경서가 몇 마디 말을 걸어서 나도 웃으면서 대답을 했다. 하지만 경서도 내가 평소와 많이 다르다는 것을 눈치챘는지 말을 많이 하지 않았다.

경서를 먼저 집에 데려다주고 나와 승현이는 우리 집 앞에 도착할 때까지 둘 다 아무 말 없이 걷기만 했다. 집 앞에서 나는 승현이에게 잘 가라고 한 뒤 돌아서려고 했다.

"저기, 태용아."

승현이가 나를 불러서 나는 뒤돌아봤다. 승현이는 뭔가를 말하려고 망설이는 것 같았다.

"왜?"

승현이는 잠시 머뭇거리다가 말했다.

"잠은 제대로 자라. 내일 보자."

나는 웃으면서 알겠다고 했다.

집에 들어가자 엄마가 나를 보고 아무 말도 하지 않았다. 학원에 갔다 왔을 때 퇴근한 아빠도 나를 보고 별 말을 하지 않았다. 그날은 하루 종일 모두가 침묵하기로 약속한 것만 같았다.

그렇게 며칠이 지났다. 나는 다시 평소대로 돌아갔다. 문학 동아리를 들어가기 전과 같은 일상이었다. 수업을 듣고, 학교 숙제와 학원 숙제를 하고, 틈틈이 책을 읽고 《목동의 예쁜 신》에 대한 아이디어가 떠오를 때마다 공책에 적었다.

경서와 승현이와도 예전처럼 쉬는 시간마다 장난을 치며 같이 놀았다. 하지만 두 사람은 아름이에 대한 얘기만은 결코 꺼내지 않았다. 그뿐만 아니라 두 사람은 이전보다 나를 약간 조심스럽게 대하는 것 같았다. 특히 승현이가 그랬다. 뭐라 설명하기 어려웠지만 승현이와 함께 있을 때 나는 그런 느낌을 받았다. 경서와 승현이는 예전처럼 나에게 장난을 치고 농담을 했지만, 한편으로는 나를 깨지기 쉬운 유리알처럼 조심스럽게 대하고 있었다.

엄마와 아빠하고도 나는 별 말을 하지 않았다. 나는 더 이상 대학에 가기 싫다는 말을 하지 않았고, 부모님도 나에게 소리를 지르지 않았다. 물론 엄마는 여전히 내가 학원과 독서실에 제대로 갔는지 감시하는 것을 게을리 하지 않았다. 하지만 나는 엄마가 감시를 하라고 내버려뒀다. 그렇게 내버려두자 오히려 마음이 조금 편해졌다.

아름이에게 친구로 지내자는 말을 들은 이후로 나는 학교에서 한 번도 아름이와 마주치지 않았다. 다행이라면 다행이었다. 나는 이렇게 졸업할 때까지 아름이와 마주치지 않기를 바랐다.

승현이와 경서는 여전히 문학 동아리 활동을 했다. 그들은 동아리 모임이 있는 날에는 나를 두고 자기들끼리 동아리실로 향했다.

"네가 안 오니까 동아리 회원들이 다들 슬퍼하고 있어."

경서가 말했다.

"다들 네가 왜 안 오냐고 하더라."

"그래서 뭐라고 했어?"

"공부에 집중하느라 탈퇴했다고 둘러댔지. 아무튼 다들 널 그리워하고 있어. 특히 단비가 너를 많이 보고 싶어 하는 것 같던데."

"단비가? 걔가 왜?"

"걔가 널 존경하니까."

나는 그 말에 웃을 수밖에 없었다.

시간이 흘러 1학기 중간고사가 찾아왔다. 우리는 사흘에 걸친 시험을 끝낸 뒤 홀가분해진 마음으로 주말을 보냈다.

중간고사가 끝난 다음 주의 점심시간이었다. 그날은 문학 동아리 모임이 있는 날이라서 점심을 먹은 후 경서와 승현이는 함께 동아리실에 갔다. 혼자 남겨진 나는 교실에서 책을 읽다가 다 읽은 책을 반납하려고 도서관에 갔다.

내가 새로 빌린 책을 들고 도서관을 나오는데 운동장 가장자리에서 키가 큰 남자애가 어떤 여자애랑 손을 잡고 내 쪽으로 걸어오고 있었다. 여자애는 남자애한테 뭔가를 즐겁게 이야기하고 있었다.

나는 교실을 향해 걸어가다가 그 자리에 멈춰 섰다. 그 둘이 꼭 승현이와 아름이처럼 보였던 것이다.

내 쪽으로 걸어오던 남자애가 고개를 돌리다가 나를 보고 걸음을 멈췄다. 그 아이가 나를 보고 멈추지 않았다면 나는 그게 승현이를 닮은 아이라고만 생각했을 것이다. 하지만 승현이는 나를 보자 놀라서 그 자리에 굳어 버렸다.

그 직후 옆에서 같이 걸어오던 아름이도 고개를 돌려 나를 보고는 놀란 표정을 지었다. 우리는 잠시 그렇게 그 자리에 서 있었다.

승현이는 아름이가 손을 잡고 있다는 걸 깨달았는지 재빨리 그녀의 손을 놓았다. 그리고 머뭇거리며 나에게 다가왔다.

"태용아."

나는 승현이가 그렇게 어두운 표정을 짓는 걸 처음 봤다.

"있잖아, 태용아……."

나는 잠시 승현이를 바라보다가 어깨를 으쓱했다.

"괜찮아."

나는 힘없이 웃어 보였다.

"뭐 그럴 수도 있지."

"아냐, 그런 거 아니야."

"아냐, 괜찮아."

나는 그렇게 말하고 승현이를 지나쳐 교실로 향했다.

나는 교실 안에 들어와서 내 자리에 앉아 책을 펼쳤다. 오늘 빌린 책은 테드 창의 단편집이었다. 나는 그 책을 펼치고 첫 페이지를 읽기 시작했다.

그때 승현이가 교실로 들어왔다. 승현이는 곧장 나한테 걸어와 내 옆 자리에 앉았다.

"태용아, 미안해. 내가 다 설명할게."

"아니 뭐, 미안할 것까지야……."

나는 우물거리며 말했다.

"둘이 그래서 사귀는 거야?"

"그게 그러니까…… 나도 모르겠어."

"모른다고?"

"아름이가 일방적으로 날 좋아하는 거야. 우리가 아직 사귀는 건지 아닌지는 나도 잘 모르겠어."

"잠깐만, 아름이가 널 좋아한다고?"

"응. 아름이가 먼저 나한테 고백했어. 그래서 난 처음에 거절

했어. 근데 아름이가 계속 내 옆에 있겠다면서 나를 쫓아다니는 거야. 그러다가 그래서…… 아무튼 그렇게 됐어. 우린 아직 사귀는 건 아니야. 내 생각에는 아닌 것 같아."

"근데 아까는……."

"손도 아름이가 먼저 잡은 거야. 내가 학교에서는 손잡지 말자고 했는데도 자꾸 잡더라. 물론, 그래. 모든 잘못은 나한테 있어. 내가 그러지 말았어야 했어. 미안해."

나는 책을 펼친 채로 잠시 생각에 잠겼다. 사실 아무 생각도 들지 않았다.

"진짜 미안해……."

"잠깐만, 잠깐만."

내가 손을 들고 말했다.

"아름이가 너한테 고백한 게 내가 아름이한테 고백하기 전이야, 후야?"

그러자 승현이는 잠시 대답을 망설였다. 나는 그 모습을 보다가 곧 우스운 사실을 깨달았다.

언제 고백했는지 그게 무슨 상관인가. 그런 건 중요하지 않았다.

"괜찮아, 미안해할 것 없어."

나는 가방 안에 책을 집어넣으며 말했다.

"그럴 수도 있지."

내가 책가방을 메고 자리에서 일어나자 승현이가 당황한 얼굴로 따라왔다.

"어디 가?"

"집에 가려고."

"지금?"

"응, 몸이 좀 안 좋은 것 같네. 미안, 나 지금 집에 좀 갈게."

"태용아, 내가 미안해."

"에이, 미안해하지 말라니까."

나는 중얼거리며 교실 문을 나왔다. 승현이는 나를 따라서 복도로 몇 걸음 나오다가 더 이상 따라오지 않았다.

학교를 안 가는 거랑 학교가 끝나기 전에 땡땡이치는 거랑 뭐가 더 나쁜 일일까? 사실 그것도 그리 중요한 건 아니었다. 뭐가 더 나쁜지가 뭐가 중요한가. 중요한 건 나는 문제라는 사실이었다. 학교를 두 번이나 결석했고, 야자도 한 번 빠졌고, 그리고 지금은 수업이 아직 남았는데 학교를 나가고 있었다.

　나는 교문을 나와서 정처 없이 걸었다. 어디로 가는 것인지 나도 알 수가 없었다. 한참을 걷는데 서서히 눈물이 고였다. 나는 눈물을 닦았다.

　나는 내가 왜 우는지 아주 잘 알고 있었다. 나보다 승현이가 아름이와 훨씬 잘 어울린다는 걸 나도 잘 알았기 때문이다. 예쁜 애는 잘생긴 애랑 사귀는 게 맞다. 내가 글을 잘 쓰든 뭘 잘하든, 나는 어디까지나 키 작고 못생긴 녀석에 불과했다.

　눈물이 자꾸 나서 나는 계속 눈을 닦아야 했다. 너무 힘들었다. 지금까지 버텨왔다는 게 나 스스로도 믿어지지 않을 정도로 힘들었다.

　승현이가 나한테 미안해할 필요는 없었다. 진심이었다. 나는 승현이한테 전혀 화가 나지 않았다. 승현이는 잘못한 게 전혀 없었다. 문제는 나였다. 이렇게 생기고 이렇게 태어난 내가 문제였다. 내가 아름이라도 나랑 승현이 중에서 승현이를 선택할 것이다. 나는 단지 그 사실이 슬펐을 뿐이었다. 나는 계속 눈물을 닦았다.

얼마나 걸었는지 알 수 없었다. 나는 다리가 아파서 길가에
있는 벤치에 주저앉았다. 어느새 해가 저물고 하늘이 어두워지
고 있었다. 내 옆으로 사람들이 지나갔다. 나는 그들을 보면서
무기력하게 앉아 있었다.

휴대폰이 울려서 나는 주머니에서 휴대폰을 꺼냈다. 엄마였
다. 나는 전화를 받았다.

"야, 너 또 학원 빠졌지?"

엄마가 소리쳤다.

"방금 학원에서 전화 왔어. 넌 도대체 애가 왜 그러냐? 이게
벌써 몇 번째야?"

"학원?"

나는 휴대폰 화면의 시각을 확인했다.

"아, 깜박했네."

"뭐? 깜박해? 너 당장 집으로 와!"

"싫어."

"싫다고?"

"그래. 끊어."

나는 전화를 끊었다. 그러자 곧바로 엄마에게서 다시 전화가

왔다. 나는 휴대폰 전원을 꺼 버렸다.

그렇게 한참 동안 벤치에 앉아 있자 점점 피곤하고 배가 고파
졌다. 나는 음식을 먹어야 살 수 있다는 것이 짜증이 났다. 어
느새 시간이 한참 지난 상태였다.

한참 동안 앉아 있던 나는 기운 없이 자리에서 일어났다. 그
리고 무거운 발걸음을 옮겨 집으로 향했다.

집에 도착해서 현관문을 열고 들어갔다. 엄마와 아빠가 소파
에서 벌떡 일어나 나에게 다가왔다.

"너 어디 갔다 왔어?"

아빠가 물었다.

"몰라요."

"모른다고?"

"네. 나도 몰라."

나는 피곤해서 내 방으로 들어가려고 했다. 하지만 엄마가 내
어깨를 잡아당겼다.

"야, 당장 나가. 너 같은 놈 필요 없어. 나가!"

"아, 그만 좀 해. 나 피곤해."

"뭐? 피곤해? 야, 이 미친놈아! 당장 나가라고!"

엄마가 소리를 질렀지만 나는 엄마를 무시하고 내 방으로 들어갔다. 엄마랑 말할 기운이 없었다.

방 안에 들어간 나는 의자에 주저앉았다. 주머니에서 꺼낸 휴대폰을 책상 위에 올려놓는데 엄마와 아빠가 방문을 열고 뛰어들어왔다.

"뭐 하고 있어? 나가라고!"

아빠가 소리를 질렀다.

"내 방에서 나가요."

엄마와 아빠는 잠시 내 앞에 서서 씩씩거렸다. 나는 무기력하게 고개를 내려뜨린 채 두 사람이 빨리 내 방에서 나가기만을 기다렸다.

이윽고 엄마가 말했다.

"어차피 너도 더 이상 집에 있을 필요 없어. 네가 낙서하던 공책도 우리가 다 버렸거든."

나는 그 말에 고개를 들었다.

"네가 오라는데 안 와서 네 공책들을 우리가 쓰레기장에 다 버렸다. 마침 쓰레기차가 와서 수거해 갔어."

나는 자리에서 벌떡 일어났다.

서가에는 내 구상 공책 열한 권이 꽂혀 있던 자리가 텅 비어 있었다.

"버렸다고?"

"그래. 그리고 쓰레기차가 가져갔지."

내 머릿속이 하얘졌다. 나는 엄마와 아빠를 밀치고 밖으로 달려 나갔다.

나는 1층으로 내려와 아파트 쓰레기장으로 달려갔다. 그리고 커다란 쓰레기 봉지들을 마구 뒤졌다. 하지만 엄마 말은 사실이었다. 쓰레기 봉지는 모두 비어 있었다. 쓰레기차가 방금 전에 모두 수거해 간 것이다.

나는 손이 덜덜 떨렸다. 손만 떨리는 게 아니었다. 얼굴에서 경련이 이는 게 느껴졌다.

내 얼굴에서 핏기가 가시는 것도 느껴졌다. 나는 머리를 쥐어 싸고 웅크리고 있다가 다시 집으로 뛰어갔다.

나는 현관문을 열고 집 안으로 뛰어 들어갔다.

"진짜 버렸어?"

"그래, 버렸다고."

엄마가 이죽거렸다.

"너 내가 학원 빠지지 말라고 아무리 말해도 우습게 여겼지? 그러니까 이런 일이 일어난 거야."

"진짜로 버렸단 말이야?"

내가 다그쳤다.

"그래. 몇 번을 말해?"

엄마는 나를 조소하고 있었고 아빠는 험악한 눈길로 나를 노려보고 있었다. 나는 현기증이 나서 쓰러질 것만 같았다.

그건 내가 평생을 기록한 구상 공책인데…….

그건 내 목숨보다 소중한 건데…….

엄마가 나에게 계속해서 뭐라고 말하고 있었다. 하지만 나는 엄마의 말이 들리지 않았다. 간신히 정신을 차렸을 때 엄마는 나에게 여러 번 반복한 잔소리를 다시 늘어놓고 있었다.

"그러니까 너처럼 말 안 듣는 애새끼는 굳이……."

"이, 이……."

나는 엄마에게 다가갔다.

그러고는 주먹으로 엄마의 머리를 세게 내리쳤다.

순간적으로 엄마의 얼굴에 이해가 되지 않는다는 표정이 떠올랐다. 나는 한 손으로 엄마의 머리끄덩이를 잡고 주먹으로 연속해서 엄마의 머리를 때렸다.

"뭐 하는 거야!"

아빠가 달려들어 나를 밀쳤다. 나는 아빠에게 주먹을 휘둘렀다. 아빠가 내 주먹을 맞고 비틀거렸다.

나는 아빠에게 다가가 아빠의 멱살을 잡고 아빠의 얼굴을 계속해서 세게 때렸다. 아빠는 내 주먹을 막으려고 하다가 팔을 휘둘렀다. 엄마가 뒤에서 나를 붙잡고 늘어졌다.

"그만해!"

엄마가 울부짖었다.

나는 아빠에게서 떨어져 나오자 다시 엄마의 머리를 잡고 엄마를 때렸다. 그러자 아빠가 내게 달려들어 내 뺨을 세게 때렸다.

그러자 비로소 정신이 들었다. 나는 머리를 흔들었다.

내 앞에서는 부모님이 내가 한 번도 본 적이 없는 얼굴로 나를 보고 있었다. 나는 충격으로 사정없이 구겨진 그들의 얼굴에 대고 고함을 질렀다.

"이 씨발새끼들! 죽어 버려! 죽어 버리라고!"

나는 목에서 피가 날 정도로 악을 썼다.

"너네 다 죽여 버릴 거야, 이 개새끼들아!"

나는 그렇게 말하고는 엉엉 울면서 그 자리에서 무너졌다.

나는 잠시 바닥에 앉아 흐느끼다가 자리에서 일어났다. 그리고 신발을 신고 밖으로 나갔다.

허기

냉정한 평론가 박단비는 청소년 소설에는 지나친 욕설이나 잔인한 장면이 나오면 안 된다고 했다. 그런 장면은 자라나는 청소년의 정신 건강에 좋지 않기 때문이다.

하지만 그럼에도 나는 《로봇 교사》에 많은 욕설과 약간의 잔인한 장면을 넣었다. 난 그때는 그것이 그 소설의 현실성을 위해서라고 생각했다. 하지만 이제 보니까 그건 그냥 내가 원래 그런 인간이었기 때문이었다.

나는 집을 나와 울면서 거리를 방황했다. 팔다리가 모두 찢겨 나간 것 같은 상실감이 들었다. 나는 울면서 걸어가다가 가로수를 붙잡고 통곡했다. 도저히 견딜 수 없었다. 나는 삶을 포기하고 싶었다.

나무에 기대어 울다가 나는 땅바닥에 무릎을 꿇고 쓰러졌다. 그렇게 울면서도 한편으로는 내가 방금 한 짓이 믿어지지 않았다. 나는 내 친부모에게 욕을 하고 그들을 폭행했다. 이건 명백히 패륜이었다. 내가 패륜을 저지르다니.

난 결국 이런 인간이었다. 나는 내 인생이 이제 다시는 돌이킬 수 없다는 것을 온몸으로 생생하게 느꼈다. 내 구상 공책은 모두 사라졌고, 나는 부모를 폭행했다. 지금까지의 내 삶은 이제 끝났다. 그 종말의 느낌이 나를 무섭게 짓눌렀다. 나는 가슴을 끌어안고 엉엉 울었다.

그렇게 한참 동안 울다가 나는 자리에서 힘겹게 일어났다. 이제 다시는 집에 돌아가지 않을 생각이었다. 배가 고파서 길바닥에 쓰러져 죽는 한이 있어도 나는 집에 돌아가지 않겠다. 돌아가기 싫었고, 돌아갈 수도 없었다.

나는 비틀거리며 계속 걸었다. 하지만 갈 곳이 없었다. 돌아갈 곳도, 갈 곳도 없다. 그럼 어떻게 해야 하지? 자살할까? 그것도 나쁘지 않다. 나는 더 이상 살 필요가 없다. 상실과 죄악으로 더럽혀진 이 몸을 버리고 이 세상을 떠나자. 나는 모든 게 지겨워졌다.

나는 자살을 생각하면서 계속 걸었다. 그렇게 걷다가 다리가 아프면 아무 곳에나 주저앉았고, 잠시 앉아 있다가 일어나서 한참을 걷다가 다시 앉기를 반복했다.

그러다가 점점 피곤해졌다. 나는 공원 벤치에 앉아서 졸기 시작했다. 그리고 그냥 내친 김에 벤치에 몸을 웅크리고 누워 버렸다. 그리고 잠이 들었다.

다음 날 눈을 떴을 때는 한낮이었다. 공원에는 사람들 몇 명이 산책을 하며 지나가고 있었다. 나는 눈을 비비며 몸을 일으켰다.

배가 고팠다.

나는 몇 시인지 확인하려고 주머니에 손을 넣었다가 휴대폰이 없는 것을 깨달았다. 어젯밤 휴대폰을 내 방 책상 위에 올려 두고 나왔던 것이다.

뭐, 어쩔 수 없지. 어차피 얼마 안 있어서 내 인생은 끝날 텐데.

나는 벤치에 앉은 채 내 앞을 지나는 사람들을 하염없이 바라보았다. 어젯밤의 일이 모두 꿈만 같았다. 내 구상 공책이 사라지고, 엄마와 아빠를 구타하고 집을 나온 게 전부 현실일까? 이게 정말 현실이 맞을까? 아니었으면 좋겠다.

나는 계속해서 앉아 있다가 공원에 있는 시계탑으로 다가가 시간을 확인했다. 정오였다.

나는 공원을 나와서 정처 없이 걸었다. 허기가 점점 심해졌다. 하지만 집에 돌아갈 수는 없었다. 부모를 때렸는데 다시 집에 들어가서 부모에게 밥을 달라고 할 수는 없었다. 그리고 나도 그 사람들을 더 이상 보고 싶지 않았다.

하지만 시간이 지날수록 허기는 더욱 심해졌다. 어제 저녁과 오늘 아침과 점심까지 총 세 끼를 굶었으니 그럴 만도 했다. 나는 머리가 어지러워져서 앉을 만한 곳을 찾았지만 의자는 보이지 않았다. 나는 그래서 상가 벽에 몸을 기댔다.

정신이 가물가물해졌다. 우선 배가 고팠고, 그리고 목이 말랐다. 하지만 나는 지갑도 휴대폰도 아무것도 없었다.

아마 지금 당장 죽으면 이 고통도 사라질 것이다. 죽으면 허기

를 느끼지 않겠지. 갈증도 없을 것이다. 나는 천천히 땅에 주저
앉았다.

지나가던 사람들이 나를 힐끔거렸다. 교복을 입은 애가 땅바
닥에 주저앉아 있으니 이상해 보일 만도 했다.

아름이가 떠올랐다. 아름이가 보고 싶었다.

그리고 승현이도 떠올랐다. 승현이라도 아름이와 행복하게
지내야 할 텐데.

그리고 경서도 떠올랐다. 휘황찬란한 금발머리의 경서는 늘
활기차고 자신의 머리처럼 밝은 성격이었다. 나는 경서가 부러
웠다. 나도 경서처럼…….

나도 경서처럼…….

나는 그 자리에 앉아 꾸벅꾸벅 졸기 시작했다.

이유

정신이 들었을 때는 어느새 해가 사라지고 하늘이 어두워지고 있었다. 지금쯤이면 학교가 끝나고 다들 집으로 돌아가고 있을 시간이었다.

여기가 어디지? 나는 주변을 둘러봤다. 목동의 어느 길거리 한가운데였다. 나는 몸을 일으키려다 힘이 없어서 다시 주저앉았다.

배가 고파서 죽을 것 같았다. 그리고 목이 너무 말랐다.

나는 그렇게 그 자리에 한참 동안 앉아 있다가 간신히 일어났다. 너무 힘들었다.

나는 가까스로 몇 걸음을 걷다가 다시 주저앉았다. 배가 고프고 피곤했다. 그냥 길바닥에 누워 있고 싶었다. 하지만 아직 나에게 남아 있는 한 가닥의 자존심이 나에게 그런 짓을 하지 못하게 했다.

그냥 누울까? 너무 힘든데.

나는 땅에 앉아서 잠시 고민하다가 힘겹게 일어났다. 어딘가로 가야 했다. 하지만 어디로 가지? 물론 당연히 집은 아니었다. 죽더라도 집에는 갈 수 없었다.

이상하게도 다리가 저렸다. 나는 다리를 절뚝이며 몸을 움직였다.

"누구세요?"

초인종을 누르자 목소리가 흘러나왔다.

"나야."

그러자 잠시 후 문고리를 벗기는 소리가 나더니 문이 열렸다.

"태용아……."

문을 열고 나온 승현이는 나를 보고 잠시 말을 잇지 못했다.

"승현아, 미안한데 먹을 것 좀 있니? 배가 고파서 그래."

내 말에 승현이는 정신을 차리고 나를 집 안으로 이끌었다.

"어서 들어와."

나는 식탁 앞에 쓰러지듯 앉았다. 승현이는 냉장고 문을 열고 이것저것 반찬을 꺼내 식탁 위에 차리기 시작했다.

"우리도 방금 전에 막 저녁을 먹었거든. 너 몇 끼나 굶은 거야?"

"네 끼."

그 말에 승현이는 반찬을 든 채 나를 돌아봤다.

"도대체 왜……."

그때 안방 문이 열리면서 누군가가 밖으로 나왔다.

"누가 왔니?"

승현이네 할머니였다. 나는 자리에서 일어나 인사를 했다.

"안녕하세요."

승현이가 재빨리 말했다.

"내 친구 태용이에요. 우리 집에 놀러왔어."

"오, 네가 태용이구나. 얘기 많이 들었다."

할머니는 나에게 다가오더니 눈을 크게 뜨고 내 팔을 만져봤다.

"세상에, 무슨 일 있니? 너 혹시……."

할머니는 나와 승현이를 번갈아 봤다.

"가출이라도 한 거야?"

"네."

나는 희미하게 웃으며 대답했다. 할머니는 나를 뚫어져라 응시했다.

"일단 자리에 앉아, 태용아. 할머니, 얘 배고프대서 먹을 것 좀 주려고."

"아, 그래. 비켜 보렴."

"내가 할게."

"넌 저리 비켜."

할머니는 승현이를 밀어내더니 가스레인지 위에 프라이팬을 올렸다. 그리고 그 외에도 찬장과 냉장고에서 이것저것 많은 것들을 꺼내서 내 앞에 차리더니 전자레인지 안에 뭔가를 넣고 프라이팬에도 뭔가를 올렸다. 나는 그 모습을 멍하니 바라보았다.

"안 그러셔도 돼요."

나는 기운 없이 중얼거렸다.

나는 할머니가 밥상을 다 차리기도 전에 숟가락을 들고 밥과 먼저 차린 반찬을 먹기 시작했다.

"천천히 먹거라."

할머니가 이런저런 반찬을 자꾸 주면서 말했다. 할머니와 승현이는 내 앞에 앉아서 내가 먹는 모습을 말없이 지켜봤다.

뱃속으로 음식이 들어가면서 조금 기운이 생기자 나는 밥을 먹으면서 승현이의 집을 한번 둘러봤다. 승현이와는 오랜 친구였지만 내가 승현이의 집에 온 것은 이번이 처음이었다. 왜 지금까지는 한 번도 승현이네 집에 놀러오지 않았을까? 승현이의 아파트는 우리 집보다는 조금 작았지만 깔끔하고 아늑해 보였다. 거실에 TV는 없었고, 거실 벽에는 책이 가득 꽂힌 책장이 몇 개 있었다. 그리고 책장 옆에는 기타 하나가 받침대에 놓여 있었다. 승현이가 기타를 친다는 말은 들어본 적이 없는데.

내가 밥을 다 먹자 승현이는 냉장고에서 작은 컵에 담긴 아이스크림을 하나 꺼냈다.

"디저트야."

나는 아이스크림을 받으며 말했다.

"고마워."

나는 할머니에게도 말했다.

"고맙습니다."

"고맙기는."

두 사람은 내가 아이스크림을 먹는 모습도 잠시 지켜봤다. 그러다가 승현이가 먼저 입을 열었다.

"어쩌다가 가출을 한 거야?"

나는 아이스크림을 먹으며 지금까지 일어난 일들을 털어놓았다. 하나도 숨기지 않았다. 내가 한 일들을 축소해서 말하지도 않았다.

"부모님을 때렸다고?"

승현이가 눈을 크게 뜨며 물었다.

"어. 주먹으로 여러 번 세게 때렸어."

"누구를?"

"엄마 아빠 둘 다."

"그래서 부모님이 많이 다치셨어?"

"그건 모르겠어. 아마 아프긴 하겠지만 크게 다치진 않았을 거야. 하지만 아픈 것보다도 충격이 크겠지."

그리고 나는 집을 나와서 굶고 헤매다가 여기까지 오게 되었다는 것까지 말했다. 내 이야기를 다 듣고 난 승현이와 할머니는 잠시 아무 말도 하지 않았다. 승현이는 할 말을 잃은 것 같았다. 하지만 승현이의 할머니가 어떤 생각을 하고 있는지는 읽히지 않았다. 할머니는 다만 나를 빤히 바라보고 있을 뿐이었다. 나는 할머니가 나를 패륜아라며 나무랄까 봐 겁이 났다. 너 같은 패륜아를 내 집에 머물게 할 수는 없어. 당장 나가! 그런 말을 들어도 내가 할 말은 없었다.

"그럼 이제 앞으로 어떻게 할 거야?"

승현이의 말에 나는 고개를 저었다.

"나도 모르겠어."

"집에 돌아갈 생각은 없니?"

"없어."

나는 나지막하지만 단호하게 말했다.

"그런 일이 일어났는데 어떻게 돌아가."

"그래도……"

승현이는 말을 더 잇지 못했다. 가만히 듣고 계시던 할머니가 입을 열었다.

"정말 고생이 많았구나."

나는 고개를 들고 할머니를 쳐다봤다. 할머니는 안쓰럽다는 표정으로 나를 보고 있었다.

"많이 힘들고 슬펐겠어."

"아……. 네. 감사합니다."

"그 공책이 네가 소설을 구상한 공책이었다고?"

"네."

나는 할머니가 구상 공책에 대해서 묻자 조금 낯설다는 느낌이 들었다. 할머니가 그것에 대한 질문을 할 거라고는 생각하지 못했기 때문이다.

"네가 평생 쓴 공책이었다고? 근데 그걸 버린 거야?"

"그렇죠."

할머니의 얼굴이 살짝 일그러졌다.

"부모님이 맞을 만했네."

나는 그 말에 놀라서 물었다.

"제가 부모님을 때린 걸 혼내지 않으실 건가요?"

"내가 널 혼낼 자격은 없지. 그리고 애초에 부모님이 맞을 짓을 해서 맞은 거잖아."

나는 어리둥절해져서 승현이를 쳐다봤다. 승현이는 무표정한 얼굴로 나를 보고 있었다. 나는 승현이에게 묻고 싶었다. 너희 할머니는 원래 이런 분이시니? 하지만 승현이의 표정으로는 할머니가 원래 이런 분인 것인지, 아니면 승현이도 할머니의 말에 동의하는 것인지 알 수가 없었다. 나는 그래서 물었다.

"넌 어떻게 생각해?"

"뭘? 네가 부모님을 때린 거?"

승현이는 한숨을 쉬었다.

"모르겠다. 물론 아무리 화가 나도 부모님을 때리면 안 되지. 하지만 부모님이 잘못한 건 사실이잖아. 네가 그 공책을 얼마나 아꼈는데."

"내 생각은 좀 달라."

할머니가 말했다.

"부모는 자식을 때려도 되고 자식은 부모를 때리면 안 되냐? 그건 불공평하지. 맞을 짓을 했으면 맞아야 하는 거야. 만약 내가 태용이였다면 부모님을 죽여 버렸을 거야."

그 말에 나는 헉 하고 놀랐다. 옆에서 승현이가 손을 들었다.

"그건 너무 심한 말이잖아요. 남의 부모님을 죽이겠다고 하면 어떡해."

"태용이 부모님이 태용이한테 한 짓이 더 심하잖아. 그리고 내 부모가 그런 짓을 했다면 죽였을 거라는 얘기야."

"그게 그거죠."

나는 할머니의 말에 웃음이 나왔다. 할머니는 내가 웃는 걸 보고 미소를 지었다.

"내 말이 웃기니?"

"네."

"근데 난 진심이야. 사람에게는 누구나 절대로 건드려서는 안 되는 게 있어. 설사 부모나 자식이라 해도 말이야. 그걸 함부로 건드린다면 벌을 받아야 하는 거야. 너희 부모님은 그걸 어겼어. 난 그 점을 지적하는 거란다."

나는 아이스크림 컵 안에 작은 숟가락을 내려놓았다.

"그럼…… 할머니 생각에는 제가 이제 어떻게 하면 될까요?"

"나도 모르겠구나. 하지만 넌 집에는 돌아가고 싶지 않잖아. 그리고 내 생각에도 네가 집에 돌아가야 할 이유가 없는 것 같구나. 공책이 사라졌잖아?"

"그렇죠."

옆에서 승현이가 끼어들었다.

"공책이 사라져도 다시 시작할 수는 없을까?"

"그건……."

내가 머뭇거리자 할머니가 승현이에게 핀잔을 줬다.

"내가 네 한쪽 다리를 자를 테니까 걷는 법을 처음부터 다시 배워 보라고 하면 어떨 것 같아?"

"그거랑은 다르죠."

"뭐가 다르냐? 태용이한테 그 공책은 목숨보다 소중한 것이 었어."

나는 할머니가 그런 말을 하는 게 신기했다. 오늘 처음 본 사람인데 어떻게 내 마음을 이렇게 잘 이해하는 걸까?

"그럼 어떻게 해요? 목숨보다 소중한 공책이 사라졌으니까 그냥 자살하라고?"

"그러고 싶으면 그럴 수도 있지."

나는 진짜로 놀라서 할머니를 쳐다봤다. 그러자 할머니는 나를 보며 무표정하게 말을 이었다.

"너한테 자살하라고 권하는 건 아니야. 근데 네가 그러고 싶다면 그걸 누구도 말릴 수는 없어."

"무슨 말도 안 되는 소리를 하는 거예요? 그럴 일은 없겠지만, 그리고 없어야 하겠지만, 만약에 태용이가 진짜로 자살하려 한다면 무슨 일이 있어도 그것만은 막아야죠."

"왜?"

"왜긴 왜야, 죽으면 안 되니까 그렇죠."

"그건 살아야 할 이유가 있는 사람들한테나 해당되는 말이야. 살아야 할 이유가 없다면 굳이 살 필요가 없어."

할머니는 그렇게 말하며 쓸쓸한 미소를 지었다.

"우리 중 누구도 태어나고 싶어서 태어나지는 않는단다. 하지만 죽음은 스스로 선택할 수 있어."

"선택하면 안 돼."

승현이가 나를 보며 단호하게 말했다.

"자살은 절대 안 돼. 그건 있을 수 없는 일이야."

"다시 한번 말하지만, 그건 살아야 할 이유가 있는 사람들한테만 해당되는 말이야."

"살아야 할 이유가 뭔데요?"

승현이가 물었다.

"그건 사람마다 다르겠지. 태용아, 넌 왜 사니?"

"저요? 저는⋯⋯."

나는 조심스럽게 대답했다.

"무한히 위대한 소설을 쓰기 위해서요."

"무한히 위대한 소설?"

할머니가 눈살을 찌푸렸다.

"미안한데, 그건 구체적으로 어떤 거야?"

"말 그대로예요. 작품성이 무한히 뛰어난 소설을 말해요. 그게 제 인생의 목표에요."

할머니는 천천히 고개를 끄덕이며 엷은 미소를 지었다.

"태용이 너도 흔하게 볼 수 있는 사람은 아닌 것 같구나."

"그런가요?"

"그래. 살아야 할 이유를 물었는데 '무한'이라고 대답하는 사람은 처음 보거든."

그건 경서가 예전에 나에게 했던 말과 비슷했다.

"근데 왜 하필 무한히 위대한 소설이야? 특별한 이유가 있니?"

"그건 그러니까……, 저는 소설이 좋아요. 그리고 소설을 쓰는 게 가장 가치 있는 일이라 생각하고요. 그래서 제가 상상할 수 있는 가장 가치 있는 일에 도달하고 싶어요. 그래서 무한히 위대한 소설을 쓰고 싶은 거죠."

"하지만 우린 인간이잖아. 유한한 인간이 무한히 위대한 소설을 쓸 수 있을까?"

"음, 저도 그런 생각을 자주 했는데요, 그건 해 보기 전까지는 모를 것 같아요."

"그럼 너는 네가 무한히 위대한 소설을 진짜로 쓸 수 있다고 생각하니?"

"그건 모르겠어요. 하지만 전 쓰고 싶어요."

할머니는 잠시 생각에 잠겼다.

"그렇구나. 근데 또 이런 생각이 들어. 무한히 위대한 소설을 쓰려면 네가 무한한 작가적 능력을 가져야 하잖아."

"그렇겠죠."

"그런데 설령 네가 열심히 수련을 해서 무한한 작가적 능력을 가진다고 해도, 무한히 위대한 소설을 쓰는 게 가능할까? 왜냐하면 소설을 포함해서 모든 예술 작품은 구체적인 내용과 형상과 형식을 갖추는데, 어떠한 구체성을 가지는 순간 그것은 유한할 수밖에 없는 것이거든."

"저도 그렇게 생각해요. 하지만 유한한 형식과 분량을 가진 작품이라 해도 그 작품이 가진 문학적 깊이는 무한할 수 있지 않을까요?"

"문학적 깊이가 무한하다?"

할머니는 잠시 생각을 하더니 말했다.

"그런가? 그럴 수 있을 것 같기도 하고……. 잘 모르겠구나. 아무튼 나는 네가 꼭 네 꿈을 이루길 바라. 왜냐하면 나도 무한히 위대한 소설을 죽기 전에 꼭 읽어 보고 싶거든."

나는 미소를 지었다.

"감사합니다."

할머니도 미소를 지었다.

"정말이야. 그 책이 어떤 내용일지 정말 궁금하구나."

나는 조심스럽게 물었다.

"그럼 할머니는 살아가시는 이유가 어떤 거예요?"

"기타를 치는 거."

할머니는 즉각 대답했다.

"그래요? 기타를 잘 치세요?"

"아니, 엉망이야. 그래도 난 기타를 치는 게 좋아."

그러자 승현이가 물었다.

"그럼 만약 기타를 못 치게 된다면 자살할 거예요?"

"그렇진 않을 거야. 왜냐면 네가 있잖아. 너는 내가 살아야 할 또 다른 이유거든."

"그럼 만약 내가 죽고 기타를 다시는 못 치게 된다면 자살할 거예요?"

"이런, 생각만 해도 죽고 싶네. 그럼 살아서 뭐 하냐? 죽어야 지."

"죽는다는 말 함부로 하지 마세요."

"왜? 어차피 우리 모두는 언젠가는 죽어."

승현이가 한심하다는 표정으로 말했다.

"지금 그게 십대들 앞에서 할 말이에요?"

"하하, 듣기 거북하냐? 근데 이건 사실이야. 우린 언젠가는 모두 죽어. 그리고 내가 뭐 하나 알려 줄까? 나보다 너희가 먼 저 죽을 수도 있어. 누가 먼저 죽는지는 아무도 알 수 없는 거 야."

"태용아, 할머니 말은 듣지 마. 우리 할머니는 좀 이상한 사 람이거든."

나는 웃으면서 대답했다.

"아냐, 할머니 말씀이 맞는 것 같아."

"맞긴 뭐가 맞아? 우리 할머니는 이상해."

그러자 할머니가 나에게 고개를 돌렸다.

"태용이 너에게 더 이상 살아야 할 이유가 없다면 어쩔 수 없 단다. 이건 농담이 아니야. 하지만 이거 역시 알아야 해. 살아 있는 한 우리는 언제든지 다시 시작할 수 있어. 그게 무엇이든 말이야. 너에게 일어난 일은 정말 유감이다. 네가 평생 쓴 공책 이 사라졌으니 말이야. 하지만 공책이 사라진 거지 네가 사라 진 게 아니야."

승현이가 웃으며 물었다.

"갑자기 왜 그런 말을? 언제는 자살하라면서요?"

"내가 언제 자살하라고 했냐? 살아야 할 이유가 없다면 자 살할 수도 있다는 거지. 하지만 말이다."

할머니가 내 눈을 들여다보며 말했다.

"살아야 할 이유는 언제든지 다시 만들 수 있어."

그 말을 듣자 내 마음속에서 고요한 바람이 한 줄기 부는 것 같았다.

"정말이야. 물론 이미 지나간 일은 절대로 돌이킬 수 없지. 네 공책도, 네가 부모님을 때린 것도. 하지만 지금부터 다시 시작하면 돼. 너에게 무슨 일이 일어났든, 넌 무엇이든 다시 시작할 수 있어."

"정말 그럴 수 있을까요?"

"물론이지."

할머니는 미소를 지었다.

"공책은 다시 쓰면 돼. 부모님과는 화해하면 되고. 물론 쉽지는 않을 거야. 하지만 천천히 하면 돼. 조금씩 하다 보면 언젠가 네 공책은 이전보다 더 많은 내용을 담게 될 수도 있어. 그리고 부모님과 예전보다 더 사이가 좋아질 수도 있고. 물론 그렇게 쓴 공책도 얼마든지 다시 사라질 수 있단다. 부모님과 또 다시, 더 크게 싸우게 될 수도 있고. 하지만 괜찮아. 그럼 그때도 다시 시작하면 돼. 다시 새로운 공책을 쓰고, 부모님과 다시 화해를 시도하는 거야. 만약 그러고 싶지 않다면 그냥 부모님과 영영 헤어질 수도 있어. 그리고 작가 말고 다른 꿈을 가져도 돼. 소설을 쓰는 거 말고 완전히 다른 꿈을 말이야. 그런 식으로 살아야 할 이유를 다시 만들면 돼. 네가 살아 있는 한, 살아야 하는 이유를 너 스스로 얼마든지 만들어 낼 수 있어. 그리고 그게 바로 인생이 멋진 이유란다."

인생

이제 내가 살아야 할 이유는 무엇일까? 나는 모든 면에서 내 인생 최악의 상황으로 떨어진 상태였다. 부모님을 때리고 집을 나오고, 평생 쓴 소중한 공책을 모두 잃었다. 가슴속의 상실감을 이루 말할 수가 없었다. 모든 면에서, 지금이 내 인생 최악의 순간이었다.

하지만 인생 최악의 순간이라 해도 어쨌거나 인생이었다. 적어도 나는 아직 죽지 않고 살아 있었다. 그리고 살아 있는 이상, 나는 다시 시작할 수 있었다.

나는 그날부터 승현이네 집에 머물렀다. 승현이의 집에서 먹고 자고 씻었고, 승현이의 옷 중에서 작은 것들을 입었다. 물론 학교에는 가지 않았다. 아침에 승현이가 학교를 가고 나면 나는 할머니와 둘이 집안일을 하거나 책을 읽으면서 시간을 보냈다. 또는 할머니와 함께 장을 보거나 동네를 산책했다. 승현이의 할머니는 재미있고 유쾌한 사람이었다.

할머니는 틈이 날 때마다 기타를 쳤다. 할머니 말대로 썩 잘 치지는 않았지만 그래도 노래 몇 곡 정도는 악보 없이 칠 수 있는 수준이었다.

"내가 지미 헨드릭스를 능가하는 것과 네가 무한히 위대한 소설을 쓰는 것 중에서 뭐가 더 빠를까?"

할머니가 기타를 안은 채 물었다.

"그야 할머니가 더 빠르겠죠."

"이런, 그렇게 생각하면 안 되지. 꿈을 이루기 위해서는 네 꿈을 반드시 이룰 수 있다는 믿음과 고집을 가져야 해."

"그런가요?"

"물론이지. 나 역시 너만큼은 아니지만 꿈이 아주 크단다. 바로 지미 헨드릭스를 능가하는 기타리스트가 되는 거야."

할머니는 벽에 걸린 지미 헨드릭스의 사진을 가리키며 말했다.

"죽기 전에 반드시 이룰 거야."

승현이는 학원을 전혀 다니지 않았다. 그래서 승현이가 집에 오면 우리는 밤늦게까지 함께 목동을 산책하면서 대화를 나누었다.

"아름이 일은 정말 미안해."

승현이의 말에 나는 고개를 저었다.

"미안해하지 말라니까. 넌 잘못한 거 없어."

"아니지, 내 잘못이야."

승현이가 한숨을 쉬었다.

"네가 아름이한테 고백하기 바로 전날 아름이가 나한테 고백했어. 그리고 난 거절했고. 난 그렇게 하면 네가 아름이와 잘 될 가능성이 좀 더 높아질 거라고 생각했어. 하지만 그 후에도 아름이는 계속해서 나한테 연락을 하더라. 내가 그걸 단호하게 끊었어야 했는데."

"뭐 굳이 끊을 필요 있냐? 그건 그렇고, 아름이가 널 진짜 많이 좋아하나 보네. 네 생각은 어떤데? 너도 아름이를 좋아해?"

승현이는 잠시 침묵하다가 대답했다.

"약간."

"그럼 뭐가 문제야? 둘이 사귀면 되지."

"하지만 그건 좀…… 그렇잖아."

"승현아."

나는 승현이에게 고개를 돌렸다.

"난 괜찮아. 진짜야. 그러니까 나는 그만 신경 쓰고 네가 하고 싶은 대로 해."

"태용아……."

"아름이도 널 좋아하잖아. 처음부터 아름이와 나는 어울리지 않았어."

"그럼 넌 어떡하고?"

"나야 뭐……. 나는 내가 알아서 살게."

나는 웃으면서 말했다.

"너도 네 인생을 살아. 우리가 서로의 인생을 살아 줄 수는 없잖아. 아름이도 아름이의 인생이 있고."

내 말에도 승현이의 표정은 쉽게 밝아지지 않았다.

내가 가출해서 승현이네 집에 있다는 말을 들은 경서가 나를 보러 놀러왔다. 우리 셋은 할머니가 기타를 연주하는 소리를 들으며 거실 식탁에 앉아 대화를 했다. 내가 지금까지 있었던 일을 다 얘기하자 경서는 크게 웃었다.

"아, 웃어서 미안해. 근데 솔직히 좀 웃기네. 물론 네 공책이 사라진 건 정말 안타까운 일이야. 그건 정말 유감이다."

"그럼 뭐가 웃기는 거야?"

"네가 엄마 아빠를 때린 거 말이야. 그건 좀 웃기다. 요즘 유행하는 단어 중에 '등골 브레이커'라는 단어가 있잖아. 부모 등골을 부수는 애들. 너는 말 그대로 등골 브레이커인 거지. 부모 브레이커."

그 말에 나도 웃을 수밖에 없었다. 승현이도 웃음을 참지 못했다.

"농담이 나오냐? 지금 난 내 인생 최악의 시기라고."

"그래, 미안해. 공책을 생각하니까 내가 다 아깝다."

"많이 아까워. 그 생각만 하면 아직도 엄마 아빠한테 화가 나."

"그럼 다시는 집으로 돌아가지 않을 거야?"

"모르겠어."

나는 한숨을 쉬었다.

"집으로 돌아가고 싶지도 않고, 돌아간다고 해도 엄마 아빠가 받아 주지 않을 거야."

"그래도 돌아가는 게 좋을 것 같아."

경서의 말에 나는 고개를 들었다.

"돌아가라고?"

"그래. 넌 돈도 없고 집도 없잖아. 네가 평생 승현이에게 얹혀 살 수도 없는 것이고."

"그래도 돼."

기타를 치던 할머니가 갑자기 끼어들었다.

"태용이가 평생 우리랑 살아도 난 상관없어. 승현이 너도 그렇지?"

"아, 그야 뭐, 그렇긴 하지만……."

승현이가 나에게 물었다.

"그럼 정말 그렇게 할래?"

나는 당황해서 할머니를 바라봤다. 그러자 경서가 말했다.

"승현이랑 할머니가 괜찮다고 해도 여기서 평생 사는 건 오바야. 그건 완전히 다른 문제라고. 그리고 어쩌면 너희 부모님이 너에게 한 일을 뉘우치고 네가 돌아오길 바라고 있을 수도 있잖아."

"그럴 리가 없어. 엄마 아빠는 뉘우치지도 않을 거고, 내가 돌아오길 바라지도 않을 거야. 내가 자기들을 때렸는데 설마 나를 다시 보고 싶어 하겠어?"

"그건 모르는 거지. 부모 마음이라는 게 원래 그런 거야."

나는 어이가 없어서 경서를 쳐다봤다. 승현이도 어이가 없었는지 물었다.

"너 애 낳아 봤냐?"

"그건 아니지만 꼭 낳고 키워 봐야 아는 건 아니지. 오히려 너희 부모님은 이번 일을 계기로 크게 깨달았을지도 몰라. 본인들이 어떤 잘못을 했는지, 그리고 네가 화가 나면 얼마나 무서운지 말이야. 평소에 조용한 성격이던 네가 빡쳤을 때는 에미애비를 가리지 않고 두들겨 패는 개씹상남자라는 걸 알게 되었으니까 앞으로는 널 두려워하고 존중할지도 몰라."

"흠."

나는 생각에 잠겼다. 옆에서 승현이가 말했다.

"그래, 태용아. 경서 말이 다 맞는 건 아니지만 내 생각에도 집에 돌아가는 게 좋을 것 같아. 학교도 다시 다니고 말이야. 벌써 일주일째 결석하고 있잖아."

"학교에서는 뭐래?"

"당연히 담임이 우리 반 애들한테 네가 지금 어디에 있는지 아는 사람이 있냐고 자주 물어보지."

"내가 가출한 걸 담임도 알고 있나 보네."

"당연히 알지. 담임이 너희 부모님한테 전화해서 물어봤을 테니까. 아니면 부모님이 먼저 담임한테 전화해서 네 행방을 물었을 수도 있고. 어쨌거나 아직 나랑 경서는 담임한테 네 얘기를 하지는 않았어. 하지만 이렇게 계속 무단결석이 이어지면 문제가 커져. 나중에는 퇴학당할 수도 있고. 그때는 학교에 돌아가고 싶어도 돌아갈 수가 없는 거야."

퇴학이라니. 그 단어가 내 가슴을 무겁게 짓눌렀다. 내 표정이 어두워진 걸 보고 경서가 말했다.

"물론 고등학교를 제적당한다고 해서 인생이 끝나는 건 아니야. 그래도 새로운 삶을 살 수는 있어. 하지만 그게 가장 좋은 방식은 아니잖아.

태용아, 그만 돌아가자. 학교나 집이나 너에게 이상적인 환경은 아니지만 그래도 없는 것보다는 나아. 둘 다 견디기 어려우면, 그건 그때 다시 생각해 보자. 우리도 방법을 생각해 볼게."

나는 쉽게 결정을 내리지 못했다. 조용해진 거실에는 할머니의 기타 소리만이 울리고 있었다. 가만히 앉아 있던 경서가 갑자기 물었다.

"할머니, 지금 연주하시는 게 무슨 노래에요?"

"레드 제플린의 〈천국으로 가는 계단〉이야."

할머니가 기타를 연주하며 대답했다.

"나는 지금까지 이 노래가 나를 위한 노래라고 생각했어. 지미 헨드릭스를 능가하는 기타리스트가 되겠다는 나의 꿈, 그 꿈을 향해 가는 여정이 〈천국으로 가는 계단〉과 비슷하다고 생각했지. 하지만 이제 보니 이 노래는 태용이를 위한 노래야."

"저요? 왜요?"

"네 꿈이 무한히 위대한 소설을 쓰는 거니까. 무한이라는 천국으로 가는 기나긴 계단을 천천히 오르는 여행자를 위한 노래인 거지."

우리는 잠시 할머니의 음악을 감상했다. 그 노래는 상당히 길었다. 할머니는 한동안 기타를 계속 치다가 갑자기 연주를 멈췄다.

"이것도 좋지만 내가 더 좋아하는 노래를 들려주지. 오아시

스의 〈떠나가자〉를 들려줄게."

나는 혼자 있을 때면 자주 멍하니 생각 속에 잠기곤 했다. 그 생각들은 나의 공책과 부모님을 때린 일과 아름이에 대한 기억의 파편이 마구 뒤섞인 것이었다. 주로 승현이가 학교에 간 후였다. 나는 거실에 앉아 할머니의 기타 연주를 들으며 끝없는 생각 속으로 빠져들었다.

내가 승현이의 집에 온 지 여드레째 되는 날이었다. 나는 거실을 청소하고 있었고 승현이는 저녁 준비를 하고 있었다. 할머니는 거실 의자에 앉아서 기타를 치고 있었다. 요리를 하던 승현이는 방 안에 둔 휴대폰이 울리자 프라이팬을 잠깐 끄고 방 안으로 들어갔다.

잠시 후 거실로 나온 승현이에게 나는 별 생각 없이 물었다.

"누가 전화했어?"

그러자 승현이는 잠시 머뭇거리더니 대답했다.

"잘못 걸려온 전화야."

나는 고개를 끄덕이며 계속 청소를 했다.

내가 청소를 다 끝내고 청소기를 거실 구석에 세워 둘 즈음 승현이의 요리도 끝이 났다. 할머니는 거실 의자에서 폴짝 뛰어내리며 말했다.

"저녁이 완성되었나 보군! 먹어 볼까?"

그러자 승현이가 요리용 장갑을 벗으며 말했다.

"어서 드세요, 지미. 태용이도 먹고."

나는 식사를 하기 전에 먼저 화장실로 들어가 손을 씻었다. 그런데 내가 화장실을 나오는 순간 초인종이 울렸다.

"이 시간에 누구지?"

할머니가 말했다.

승현이는 말없이 현관문으로 가서 문을 열었다. 문밖에 두 사람이 서 있는 게 보였다. 나는 그쪽을 보다가 문 앞에 있는 사람들과 눈이 마주쳤다.

세상에, 우리 엄마 아빠였다!

나는 깜짝 놀라서 그 자리에 돌처럼 굳어졌다. 승현이는 미안하다는 표정으로 나를 돌아보며 말했다.

"태용아, 부모님이 오셨어."

결정

부모님과 나는 아파트 앞에 있는 놀이터 벤치에 앉았다. 한동안 아무도 말을 하지 않았다. 나는 가시방석에 앉은 것처럼 불편했다. 그건 엄마 아빠 역시 마찬가지인 것 같았다.

8일 만에 만나는 엄마 아빠는 예전보다 피곤하고 수척해 보였다. 엄마는 눈 밑에 짙은 그늘이 져 있었다. 아빠 역시 마찬가지였다. 아빠는 어깨에 커다란 등산용 배낭을 메고 있었다. 등산을 갔다 오는 길일까?

나는 두 사람이 내 걱정을 얼마나 했을지 생각했다. 부모님은 내 걱정을 더 많이 했을까, 아니면 나에 대한 분노와 실망의 감정을 더 많이 느꼈을까? 아마도 두 사람은 마음속에 쌓인 감정이 너무 가득해서 쉽게 입을 열지 못하는 것 같았다. 그건 나 역시 마찬가지였다. 나는 내가 부모님을 때리던 순간을 떠올렸다. 그 장면을 다시 떠올리자 속이 쓰렸다. 아무래도 나는 구제받기 어려울 것 같았다.

오랜 침묵을 깨고 마침내 엄마가 먼저 입을 열었다.

"그동안 승현이네 집에 있었냐?"

"네."

나는 그렇게 대답하고 조심스럽게 물었다.

"제가 승현이랑 같이 있는 건 어떻게 알았어요?"

"여기저기 연락하다가 승현이 번호까지 알아냈다."

엄마가 무표정하게 말했다.

"승현이한테 너랑 같이 있냐고 물어보니까 그렇다고 하더라. 그래서 너한테는 말하지 말라고 하고 찾아온 거야."

그렇게 된 거로군. 나는 고개를 끄덕이며 아까 승현이의 머뭇거리던 표정을 떠올렸다. 물론 나는 승현이를 원망하고 싶은 마음이 전혀 없었다. 승현이는 나 같은 문제아가 아니었다. 가출한 아들을 찾는 친구의 부모님에게 거짓말을 할 정도로 못된 아이가 아니었다. 만약 내가 승현이였다면 어떻게 했을지는 모르겠지만 말이다.

다시 한동안 침묵이 이어지다가 아빠가 말했다.

"태용아, 네가 우리를 때린 걸 용서할게. 너도 화가 많이 났을 테니까."

그 말에 나는 눈을 치켜떴다.

"그러니까 이제 그만 집에 가자."

아빠는 그렇게 말하면서 한숨을 내쉬었다. 불편하기 짝이 없는 한숨이었다.

뭐라고 해야 하지? 나는 고개를 숙이고 생각에 잠겼다. 용서해 줘서 고맙다고 해야 하나? 하지만 나는 용서받고 싶은 마음이 별로 없었다. 그리고 부모님을 용서하고 싶은 마음도 별로 없었다. 사실 나는 내가 지금 뭘 원하는지 제대로 알지 못했다. 나는 그저 이 상황이 불편했다.

어디서부터 잘못된 걸까? 도대체 어디서부터 잘못되었길래 이렇게 불편한 상황에 처한 걸까? 내가 우리 부모님의 자식으로 태어난 것부터? 그렇다면 첫 단추부터 잘못 꿴 셈이다. 나는 그냥 지금이라도 부모님이 평생 숨겨 온 진실을 밝히는 게 가장 이상적인 시나리오라는 생각이 들었다. '이태용, 넌 사실 우리

자식이 아니야. 네 진짜 부모는 따로 있어.' 하지만 안타깝게도 그럴 가능성은 낮았다.

"집으로 돌아가자."

아빠가 재차 말했다.

나는 한동안 놀이터의 시소를 바라보다가 고개를 저었다.

"싫어요."

그러자 엄마가 말했다.

"그럼 어떻게 하려고? 승현이네 집에서 평생 살려고? 학교도 안 다니고?"

엄마의 말투는 평소의 쏘아붙이는 말투가 아니라 지친 느낌이 역력했다. 나는 아무 말도 하지 않았다.

아빠가 옆에 둔 배낭의 지퍼를 열면서 말했다.

"네 공책 안 버렸어. 그대로 있어."

그러면서 아빠는 나에게 가방을 내밀었다.

나는 깜짝 놀랐다. 가방 안에는 여러 권의 공책이 가득 들어 있었던 것이다.

나는 잠시 가방 안을 멍하니 들여다보다가 가방 안에 손을 넣어 공책을 들춰 봤다.

분명히 나의 구상 공책들이었다. 공책은 열한 권 모두 그대로였다. 나는 공책 한 권을 꺼내 넘겨보다가 다른 공책들도 꺼내서 살펴봤다. 구상 공책들은 전혀 훼손되지 않고 원래 상태 그대로였다.

"공책을 버렸다는 말은 거짓말이었어. 네가 학원을 자꾸 빠지니까 화가 나서 감춰 두고 버렸다고 말했던 거야."

엄마가 말했다. 나는 눈이 휘둥그레진 채 부모님을 쳐다봤다.

"공책도 다 그대로니까 너도 이제 그만 집으로 돌아와."

공책을 버렸다는 게 거짓말이라니…… 믿을 수가 없었다. 드라마에서 출생의 비밀을 알게 된 주인공이 이런 기분이려나? 나는 당황해서 말이 나오지 않았다. 그리고 집으로 돌아오라는 엄마 아빠의 말에도 뭐라 대답해야 할지 알 수 없었다.

"태용아, 우리 이제 좀 평범하게 살자. 다른 애들처럼 공부도 하고 대학도 가고 그러자, 응?"

엄마가 말했다. 나는 말없이 손에 든 공책을 뒤적거리다가 다시 가방 안에 넣었다.

"우리가 생각해 봤는데, 네가 작가가 되는 건 더 이상 반대하지 않을게. 대신에 지금 당장은 우선 대학부터 간 다음에 글을 써라. 문예창작과에 가면 되잖아, 안 그래? 문창과 있는 명문대도 많잖아."

"반드시 문창과를 가야 좋은 작가가 되는 건 아니잖아요."

내가 중얼거렸다.

"그리고 전 명문대를 가기 위해서 열심히 공부하는 것 자체가 싫어요. 예전에도 말했지만, 좋은 대학 가면 좋죠. 하지만 하루 종일, 몇 년 동안 공부를 해야 할 만큼 대학이 저에게 필요하지는 않다는 거예요."

"태용아, 학생이 공부가 싫다는 게 말이 되냐? 다 그 나이대에 해야 할 일이 있는 거야. 넌 고등학생이잖아. 고등학생 때는 열심히 공부해서 좋은 대학에 가는 게 네 의무야."

아빠의 말에 나는 조금씩 짜증이 올라왔다.

"도대체 엄마 아빠는 왜 그렇게 대학에 목숨을 걸어요? 대학을 도대체 왜 가야 하는 건데요?"

"그걸 몰라서 물어?"

"네."

그러자 엄마가 끼어들었다.

"좋은 대학에 가면 인생의 모든 게 달라져. 모든 기회가 다르다고."

"그러니까 뭐가 그렇게 다르다는 거예요?"

"모든 게! 모든 게 다르다고. 갈 수 있는 직장도 다르고 생기는 인맥도 다르고 훨씬 더 많은 기회가 생겨."

"그래요, 그런 장점들이 있다는 건 저도 아는데, 그 모든 것들이 하루 종일 영어 단어를 외우고 수학 문제를 푸는 짓을 해야 할 만큼 저한테 꼭 필요하지는 않단 말이에요."

"지금은 그렇게 생각하겠지. 지금 너는 아무것도 모르니까."

"저한테 뭐가 필요한지는 제가 더 잘 알아요."

그러자 다시 아빠가 말했다.

"태용아, 넌 왜 이렇게 생각이 짧아? 한 2년 만 죽었다고 생각하고 열심히 공부하면 앞으로 평생 네 인생이 바뀐다니까. 지금 놀고 싶은 것 좀 참고 열심히 공부하면……."

"뭘 그렇게 참으라는 거야."

나는 짜증이 나서 내뱉었다.

"그놈의 참으라는 소리를 내가 대학에 가면 안 할 거예요? 그때는 다시 좋은 직장에 들어갈 때까지 참으라고 할 거 아니에요?"

"좋은 대학을 가면 좋은 직장에 가는 게 쉬워져."

"전 직장 안 다닐 건데요. 전 작가가 될 거예요."

"작가는 먹고 살기 어려워. 네가 성공한 작가가 되지 못하면 그때는 어떻게 할 건데?"

"먹고 사는 건 원래 다 어려운 거예요. 사람은 다 자기 적성에 맞는 일을 해야 하지, 하기 싫은 일을 억지로 하려면 제대로 살 수가 없다고요. 전 열심히 노력해서 반드시 작가로 성공할 거예요."

"만약에 성공하지 못한다면?"

"그럼 좋은 대학을 나와도 좋은 직장에 들어가지 못한다면?"

엄마가 다시 끼어들었다.

"태용아, 넌 왜 그렇게 이기적이냐?"

"뭐가요?"

"우리가 양보를 했으면 너도 양보를 해야 할 거 아니야."

"뭘 양보하란 거예요? 그리고 엄마 아빠가 뭘 양보했는데?"

"네가 우리를 때린 걸 용서했잖아."

나는 어이가 없어서 목소리를 높였다.

"그러니까 누가 공책을 버리래?"

"안 버렸잖아! 여기 그대로 있잖아."

"버렸다고 나한테 거짓말을 했잖아. 그것 자체가 굉장히 나쁜 거라고요. 왜 남의 소중한 물건에 함부로 손을 대서 상처를 줘? 내가 자식이라고 해서 그래도 되는 거야?"

나는 흥분해서 말이 빨라졌다.

"내가 엄마 아빠가 아끼는 물건을 함부로 버리면 좋겠어? 내가 집문서와 전 재산을 다 버려도 엄마 아빠가 날 용서할 수 있을까? 설사 그게 거짓말이라 해도, 그런 거짓말을 한 나를 용서할 수 있을까?"

"그건 다르지. 이건 그냥 공책에 불과하잖아. 이 공책이 돈으로 따졌을 때 얼마나 하겠냐."

엄마의 말에 나는 헛웃음이 나왔다.

"진짜 지겹네. 모든 게 다 돈이야? 그렇게 돈이 좋으면 애를 왜 낳았어? 애 키우는데 지출만 들고 이득은 거의 없는데 뭐하러 날 낳았냐고."

그러자 엄마도 소리를 질렀다.

"그래, 우리도 널 낳은 걸 후회한다."

"잘 됐네. 그럼 가 버려. 나도 부모 같은 거 필요 없으니까."

나는 자리에서 벌떡 일어나면서 가방을 낚아챘다.

"이건 내가 가져갈 거야."

그러고는 등을 돌려 아파트 현관으로 걸어갔다. 내 등 뒤로 엄마가 소리를 질렀다.

"야! 넌 왜 그렇게 제멋대로에 이기적이야!"

나는 엄마한테 한 마디 쏘아붙이려고 뒤돌아섰다. 하지만 막상 할 말이 생각나지 않았다.

아빠는 벤치에 계속 앉아 있었고 엄마는 그 옆에 서서 나한테 삿대질을 하고 있었다.

"넌 진짜 최악이야! 넌 목동에서 제일 문제아야!"

나는 대답 없이 아파트 안으로 들어갔다.

집 안으로 들어가자 승현이와 할머니는 식탁 앞에 앉아 있었다. 할머니는 열심히 식사를 하고 있었지만 승현이는 턱을 괴고 생각에 잠겨 있었다. 나를 본 승현이가 자리에서 일어났다.

"태용아, 어떻게 됐어?"

나는 한숨을 쉬었다.

"아직도 엉망이야."

"부모님과 화해하지 못했나 보구나."

할머니의 말에 나는 고개를 끄덕였다.

"네, 어쩌다 보니 그렇게 됐어요."

"사실 방금 전에 너희 어머니가 소리 지르는 게 들렸어. 너보고 목동 최악의 문제아라고 하시던데?"

그러면서 할머니는 깔깔거렸다.

"할머니, 지금 이게 웃겨요?"

승현이의 말에도 할머니가 웃는 모습을 보자 나도 웃음이 나왔다. 승현이는 심각한 표정으로 나를 보다가 식탁 앞에 앉혔다.

"일단 밥부터 먹어."

나는 자리에 앉다가 손에 들고 있던 배낭을 들어올렸다.

"참, 좋은 소식이 있어요. 제 구상 공책이 전부 멀쩡해요."

"뭐라고?"

할머니와 승현이가 동시에 물었다.

"부모님이 공책을 버리지 않았대. 나한테 화가 나서 공책을 숨겨 놓고는 버렸다고 거짓말한 거래."

"뭐!"

두 사람이 동시에 외쳤다. 나는 가방을 열고 공책 한 권을 꺼내 보여줬다.

"열한 권 모두 그대로예요."

"와, 진짜 다행이다."

승현이가 크게 기뻐했다. 할머니 역시 짝짝 박수를 쳤다.

"그러게, 무한히 위대한 소설이 역사 속으로 사라지는 줄 알았는데 말이야. 정말 다행이다. 너희 부모님이 사람을 들었다 놨다 하는 능력이 있으시네."

"아니 근데 공책도 그대로 있는데 부모님이랑 화해를 못한 거야?"

승현이의 말에 나는 어색하게 고개를 끄덕였다.

"어쩌다 보니 그렇게 됐어. 우리 부모님은 여전히 내가 대학에 가야 한다고 하고, 난 그게 싫어서 얘기를 하다 보니 다시 말다툼을 하게 된 거지."

할머니와 승현이가 나를 빤히 바라보자 나는 민망한 기분이 들었다.

"죄송해요. 저도 일이 이렇게 될지 몰랐어요."

승현이는 심각한 표정으로 한숨을 쉬었지만 할머니는 뭐가 재미있는지 엷은 미소를 짓고 있었다. 할머니가 물었다.

"태용아, 왜 그렇게 대학에 가기 싫어?"

"대학에 가기 싫은 게 아니에요. 공부가 하기 싫은 거예요."

그러자 할머니는 웃음을 터뜨렸다. 나도 멋쩍은 웃음을 지었다.

"솔직히 하기 싫은 걸 억지로 할 필요는 없잖아요. 꼭 해야 하는 게 아니라면."

"그리고 넌 대학을 꼭 가야 한다고 생각하지 않는구나?"

"그렇죠."

그러자 승현이가 말했다.

"태용아, 위대한 작가가 되려면 공부를 많이 해야 해."

"그건 맞는 말이야. 근데 우리 부모님이 원하는 건 시험용 공부야. 우리 부모님은 내가 소설을 읽는 걸 싫어해. 아니, 그냥 교과서랑 문제집 외의 다른 책을 읽는 것 자체를 싫어해. 그럼 이게 공부냐? 우리 부모님은 어떤 면에서는 나보다 더 공부를 싫어한다고."

"음, 그럼 정정해야겠군. 태용이 넌 입시용 공부가 싫은 거구

나. 작가용 공부는 좋아하는 것이고."

할머니가 말했다.

"그런 셈이죠. 공부를 그렇게 나눌 수 있는 건지는 모르겠지만."

"당연히 나눌 수 있지. 기타도 일렉트릭 기타와 어쿠스틱 기타로 나뉘어. 난 일렉트릭 기타는 좋아하지만 어쿠스틱 기타는 혐오해."

"그래요? 둘이 많이 다른가요?"

그러자 할머니는 험상궂은 표정을 지었다.

"물론이지. 하늘과 땅만큼 달라."

"그렇구나. 전 기타에 대해서는 잘 몰라서요."

"모를 수도 있지. 아무튼 너와 부모님은 서로 추구하는 공부의 종류가 다른 것 같구나. 그게 바로 갈등의 핵심인 거야."

가만히 있던 승현이가 입을 열었다.

"태용아, 난 그렇게 생각하지 않아. 내 생각에는 대학에 가는 게 작가가 되는 것에도 도움이 된다고 봐."

나는 고개를 끄덕였다.

"뭐 나쁠 건 없겠지."

"그래, 그러니까 부모님의 말대로 그냥 1, 2년만 참으면 어때? 부모님이 문창과에 가도 된다고 말씀하셨잖아."

"참으라니, 그건 말도 안 되는 일이야."

할머니가 말했다.

"하기 싫은 건 되도록 하지 않는 게 좋은 인생인 거야. 태용이가 대학을 안 가서 남에게 피해 주는 거 있어? 없잖아. 그럼 안 가도 되지. 내가 싫은 걸 강요하는 사람에게는 참지 말고 저항해야 돼."

"저항 정신은 로커에게나 어울리는 거죠. 태용이는 로커가 아니에요."

승현이가 말했다.

"태용이는 작가잖아. 작가나 로커나 다 예술가지. 예술가에게는 저항 정신이 필수라고."

"근데 저항하면 힘들잖아요. 부모님에게 저항하면 부모님에게 지원을 받을 수가 없잖아요."

"그것도 웃기지 않냐? 부모에게 지원을 받는 대가로 부모가 원하는 걸 해 준다니 말이야."

"그게 뭐가 웃겨요?"

"언제부터 부모 자식 간의 관계가 그렇게 자본주의적인 거래가 된 거지?"

승현이는 나를 보며 어깨를 으쓱했다.

"그래서 이제 어떻게 할래?"

나는 쉽게 말할 수 없었다. 아직 집에 돌아가고 싶지는 않았지만 계속 승현이네 집에 얹혀 살 염치는 없었다. 그런 내 기분을 눈치챘는지 할머니가 부드럽게 웃으면서 말했다.

"태용아, 네가 원하는 대로 해. 우린 괜찮으니까 네가 있고 싶다면 얼마든지 여기 있어도 돼."

"감사합니다. 하지만 전…… 잘 모르겠어요."

그러자 할머니는 미소를 지은 채 고개를 끄덕였다.

"그럼 천천히 생각해 보렴."

그날 밤 나는 잠이 오지 않아서 뒤척거렸다. 내 옆자리의 승현이는 잠이 들었지만 나는 쉽게 잠이 들지 못했다.

엄마랑 아빠는 정말로 날 용서한 걸까? 내가 그렇게 욕을 하면서 세게 때렸는데도 정말 날 용서한 걸까?

공책이 모두 그대로인 이상 집으로 돌아가지 않을 중요한 명분 하나가 사라졌다. 젠장, 그렇게 왜 그런 거짓말을 해서 이 사달을 만든 거야? 거짓말 한 마디 때문에 난 부모를 폭행한 패륜아가 되어 버렸다. 물론 내가 부모를 때린 게 못된 행동이라는 건 나도 안다. 나는 폭력을 싫어한다. 나도 내가 그런 짓을 할지는 몰랐다. 하지만 이미 엎질러진 물이다.

엄마 아빠의 말대로 정말 1, 2년 만 참고 공부를 한다면, 그렇게 해서 좋은 대학에 간다면 진짜 모든 일이 잘 해결될까? 그렇게 되면 정말 난 자유가 되는 걸까? 담임도 그렇고 내 주변의 어른들은 모두들 그렇게 말했다. 대학만 가면 인생의 모든 문제가 해결될 것이라고. 좋은 직장과 예쁜 여자와 멋진 인생을 다 가질 수 있을 것이라고. 그들의 순진한 약속을 생각하니 다시금 짜증이 났다. 왜 어른들은 내가 갖고 싶지 않은 것을 가지라고 다그치는 걸까?

1, 2년 만 참고 공부를 하라고? 근데 만약 그걸로 끝나지 않는다면? 재수나 삼수를 해야 할 수도 있잖아. 머릿속이 점점 복잡해졌다. 부모님이 원하는 좋은 대학에 가지 못하면 나의 수험 생활은 계속 연장될 수도 있었다. 아니, 그보다도 난 좋은 소설을 쓰고 싶은데 시험 때문에 글은 안 쓰고 문제집만 푸는

게 맞는 일인가? 내가 원하는 삶은 승현이의 할머니와 같은 삶이었다. 할머니는 그저 앉아서 기타를 치기만 하면 행복해 보였다. 할머니의 행복에는 많은 것이 필요하지 않았다. 나도 그러면 안 되나? 나도 그냥 앉아서 글만 쓰면 안 되나? 난 글을 쓰고 책을 읽을 때 가장 행복한데, 날 그냥 내버려두면 안 되나? 왜 다들 나를 괴롭히는 걸까? 소설을 쓰기 위해서 학위가 필요한 것도 아닌데 말이다. 난 시간이 지날수록 공부가 하기 싫었다. 학원이나 학교에서 멍하니 앉아 있는 것도 지겨웠고 이제전부 그만두고 싶었다. 그런데 집으로 돌아간다면 나는 다시 그생활로 돌아가야 하는 것이다. 손도 대기 싫은 공부를 해야 하는 것이다. 학교와 학원을 돌면서 하루 종일 숨 막히는 삶을 살아야 한다. 그 짓을 몇 년 동안 참으라고? 진짜 답답해 죽겠군.

나는 이불 속에서 몸을 뒤척이다가 방구석에 놓아둔 배낭이 눈에 들어왔다. 내 구상 공책을 담은 배낭이었다. 저 가방을 보자 마음이 더욱 무거워졌다.

엄마 아빠가 비록 거짓말을 하긴 했지만 나도 크게 잘못했다. 나는 한숨을 쉬며 생각했다. 그리고 어쨌거나 부모님이 나를 용서한다고 했으니 계속 고집을 부리기는 어려워졌다. 정말 불편한 상황이지만 어쩔 수 없었다.

나는 이불을 목까지 끌어올렸다. 그리고 이런저런 생각을 거듭하다가 잠이 들었다.

"저 아무래도 집에 돌아가야 할 것 같아요."

다음 날 아침식사 자리에서 내 말을 들은 승현이는 살짝 놀란 것 같았다. 반면 할머니는 한쪽 눈썹을 치켜떴을 뿐이다.

"갑자기 왜 생각이 바뀐 거야?"

나는 잠시 할 말을 찾다가 말했다.

"부모님한테 조금 미안해서."

승현이는 잠시 나를 쳐다보다가 내 등을 두드려줬다.

"그래, 잘 생각했어. 부모님도 너를 용서해 주신다고 하니까 이제 그만 화해해."

나는 고맙다고 중얼거리며 앞에 앉은 할머니에게 고개를 돌렸다. 할머니는 눈을 지그시 뜨고 나를 응시하고 있었다.

"물론 우린 너의 결정을 존중한단다. 하지만 누군가에게 미안하다는 마음 때문에 네 인생의 중요한 결정을 내리지는 않았으면 좋겠구나."

할머니의 말에 승현이는 고개를 저었다.

"나는 그렇게 생각하지 않아. 부모님도 너도 서로에게 크고 작은 잘못들을 했으니까 미안한 마음을 갖는 게 당연하다고 생각해."

"미안한 마음을 가질 수는 있어. 하지만 그것이 중요한 결정을 내리는데 영향을 미치면 안 된다는 거야. 네 인생의 방향을 결정하는데 너 자신보다 다른 사람을 신경 쓰면 안 돼. 이건 네가 집에 돌아간 이후에 생길 모든 일에 있어서도 마찬가지야. 너에게 가장 중요한 건 너 자신이니까."

"에이, 그건 너무 자기중심적인 태도 아니에요?"

승현이의 말에 할머니가 다른 쪽 눈썹을 치켜떴다.

"좀 자기중심적이면 어때?"

할머니는 다시 나에게 시선을 돌리더니 물었다.

"그럼 이제 집으로 돌아간 다음에는 어떻게 되는 거니? 다시 부모님이 시키는 대로 공부를 하는 거야?"

"잘 모르겠어요. 아무래도 최소한 공부하는 시늉은 해야 할 것 같긴 해요. 물론 그러다가 부모님이 제 성적이나 공부하는 시간에 만족하지 못하면 다시 싸움이 생길 수 있겠죠. 그렇게 되면……."

나는 고개를 저었다.

"저도 잘 모르겠네요."

승현이가 무거운 목소리로 말했다.

"이런 문제는 답이 없어. 너나 부모님 둘 중 한 쪽을 완전히 변화시키지 않는 이상 갈등이 계속될 텐데, 그건 불가능하잖아."

"그건 나도 동의해. 누군가를 바꾼다는 건 불가능에 가깝지. 그러니까 그런 기대는 애초에 하지 않는 게 좋아. 하지만 안타깝게도 태용이 부모님은 태용이를 변화시키고 싶어 하는 것 같은데."

나는 할머니의 말을 들으며 말없이 밥을 먹었다.

식사를 마친 후 나는 처음 승현이의 집에 올 때 입었던 교복으로 갈아입은 후 공책이 담긴 배낭을 멨다. 승현이와 할머니가 현관 앞까지 나를 배웅해 줬다.

"승현아, 지금까지 정말 고마웠어."

내 말에 승현이는 피식 웃었다.

"고맙긴. 당연한 거지, 우리 사이에."

"아니야, 진짜 고마워. 할머니도 정말 감사했어요."

승현이 옆에서 할머니가 씩 웃으며 고개를 끄덕였다. 승현이가 말했다.

"이제 빨리 가 봐."

나는 신발을 신고 승현이네 집을 나섰다.

계약

그날은 일요일 아침이었다. 나는 승현이네 아파트를 나와서 놀이터를 지나 목동을 가로질러 터벅터벅 걸어갔다. 날씨는 화창하고 따뜻했지만 내 마음은 돌덩어리처럼 무거웠다. 나는 집에 돌아온 나를 본 부모님이 어떤 반응을 보일지 알 수 없었다. 혹시 다시 나를 내쫓는 건 아닐까? 나는 '목동 최악의 문제아'였고, 어제 난 부모님에게 부모 따윈 필요 없다고 했으니까 분노한 엄마와 아빠가 날 다시 내쫓을 가능성도 충분히 있었다. 그럼 어떻게 하지? 도로 승현이네 집으로 돌아가야 하나? '태용아, 왜 다시 왔어?' 어리둥절한 승현이가 묻는 모습이 떠올랐다. '응, 부모님이 집에 들어오지 말래.' 이렇게 말하는 내 모습을 상상하자 쓴웃음이 나왔다.

　마침내 우리 집 아파트에 도착한 나는 느릿느릿 계단을 올라가서 집 앞 현관문 앞에 섰다. 나는 도어락 버튼을 누르고 문을 열었다.

　내가 현관에 들어서자 엄마와 아빠가 동시에 거실로 나왔다. 우리 셋은 몇 초 동안 어색하게 서 있었다.

　"저 왔어요."

　나는 멋쩍게 말했다.

　"그래, 어서 와라."

　아빠가 잠긴 목소리로 말했다. 엄마도 지친 표정으로 고개를 끄덕였다.

　그 후에 일어난 일들은 상당히 민망하고 어색하기 짝이 없는 시간의 연속이었다. 나는 부모님한테 미안하다는 말을 해야 할지 말아야 할지 고민했지만 그런 말을 할 적당한 기회를 잡지 못했다.

　엄마가 아침을 먹었냐고 해서 나는 먹었다고 하고는 재빨리 내 방으로 들어왔다.

방 안에 들어오자 책상 위에 올려둔 내 휴대폰이 제일 먼저 눈에 들어왔다. 나는 일주일 넘게 만지지 못했던 폰을 켰다. 카톡과 문자와 부재중 전화가 가득했다.

나는 연락들을 하나하나 열어 봤다. 가출한 다음 날 학교를 빠지자 경서에게 온 연락이 몇 통 있었고, 담임 선생님의 부재중 전화도 몇 통 쌓여 있었다. 그 외에 쓸데없는 스팸 문자들. 나는 모든 문자와 카톡을 확인한 후 마지막으로 인스타그램에 들어갔다. 인스타그램 알림이 떠 있었기 때문이다.

두 사람이 보낸 메시지가 각각 하나씩 있었다. 나는 누가 메시지를 보냈는지 확인하고는 놀라지 않을 수 없었다. 그 두 사람은 아름이와 단비였던 것이다.

나는 잠시 망설이다가 아름이가 보낸 메시지를 먼저 클릭했다.

태용아, 네가 빨리 학교에 나왔으면 좋겠어. 동아리 사람들 모두 널 보고 싶어 해. 지금 어디에 있는지는 모르겠지만 어서 돌아오길 바라.

나는 가슴이 뛰었다. 아름이가 날 보고 싶다고 한 것이다! 물론 정확히 말하면 동아리 사람들이 나를 보고 싶어 한다고 말한 거지만, 아름이도 문학 동아리에 속했으니 그 말이 그 말이나 다름없다고 봐야 한다.

나는 떨리는 손가락으로 아름이에게 답장을 쓰려고 했지만 뭐라고 해야 할지 생각나지 않았다. 그래서 그냥 단비가 보낸 메시지를 클릭했다.

태용아, 어디야? 왜 학교에 나오지 않는 거야? 당장
돌아와.

정말 단비답군. 나는 웃음이 나왔다. 단비는 나를 걱정해 줄 때조차도 매섭기 짝이 없었다. 하지만 그래도 나는 단비가 나를 걱정해 줬다는 사실 자체가 기분 좋았다.

나와 부모님은 그날 말을 많이 하지 않았다. 불편한 시간 속에서 우리는 점심과 저녁을 먹고 잠이 들었다.

다음 날 아침 나는 엄마가 깨워서 일어났다.

"이제 학교에 가야지."

엄마는 그 말밖에 하지 않았다. 나는 아침을 대충 먹고 교복으로 갈아입고 학교에 갔다.

교실에 들어서자 아이들이 놀란 눈으로 나를 봤다. 모든 사람의 시선이 나에게 꽂히자 나는 쥐구멍으로 숨고 싶었다. 하지만 나는 애써 아무 일도 없었던 것처럼 내 자리에 가 앉았다.

"우아."

경서가 환하게 웃으며 내게 다가왔다.

"돌아온 걸 환영한다, 목동의 예쁜 신."

경서는 내 팔을 툭 치며 말했다.

"이렇게 다시 보니까 좋잖아."

"그러게."

나는 멋쩍게 웃었다.

그때 책가방을 멘 승현이가 교실 안으로 들어왔다. 승현이는 나를 보자마자 내게 달려왔다.

"태용아, 어제 어떻게 됐어?"

"음, 뭐, 그냥 그래. 딱히 별일은 없었어."

"부모님은 뭐라고 하셔?"

"딱히 특별한 말은 없던데."

"너는 어때? 죄송하다고 했어?"

"하려고 했는데 말이 잘 안 나오더라고."

그러자 승현이는 웃으면서 내 어깨에 손을 올렸다.

"괜찮아. 천천히 해."

그날 아침 조회 시간에 들어온 담임 최정연은 나를 보자마자 눈이 휘둥그레졌다. 담임은 곧장 나를 불러서 복도로 데리고 나간 뒤 그동안 어디서 뭘 했냐고 물었다. 나는 승현이를 공범으로 만들지 않기 위해 그냥 여기저기 돌아다녔다고만 말했다. 담임은 어디에 있었냐고 계속 캐물었지만 나는 잘 기억이 나지 않는다고 말했다.

담임은 나를 잠시 노려보다가 말했다.

"알았으니까 일단 들어가. 너 이따가 점심시간에 교무실로 와."

그날 점심시간에 교무실에 가면서 나는 담임에게 어떻게 혼날까 떨렸지만 그렇게 크게 혼나지는 않았다. 담임은 나에게 열흘 동안 어디에 있었냐고 물었고, 나는 이곳저곳을 돌아다니며 노숙을 하다가 가진 돈이 다 떨어지자 집으로 돌아왔다고 둘러

댔다. 담임은 혀를 차며 다시는 그러지 말라는 말을 몇 번 하고 는 돌아가라고 했다.

　그날 학교가 끝나고 집에 오자 다시 어색한 시간이 계속되었다. 엄마는 나에게 별 말을 하지 않았다. 나에게 화가 나서 그랬다기보다는 엄마 역시 불편하고 어색해서 그런 것 같았다. 나는 집에 있기가 불편해서 엄마가 시키지도 않았는데 가방을 메고 학원을 간다며 집을 나섰다.

　학원으로 가면서 나는 생각했다. 그럼 이렇게 다시 예전으로 돌아간 건가? 시간이 좀 지나면 엄마와 아빠는 다시 내가 제대로 공부를 하는지를 감시하고, 나는 대학에 가지 않겠다며 부모님과 싸우게 되는 걸까?

　알 수 없었다. 우리 가족이 앞으로 어떻게 될지 나는 도저히 짐작이 되지 않았다. 한 치 앞을 볼 수 없는 어두운 동굴 속으로 들어온 것만 같았다.

　"좀 더 충분히 생각해 봐. 부모님과 천천히 얘기도 많이 해 보고."

승현이가 말했다.

"아직 2학년이잖아. 시간이 많지는 않지만 그래도 너무 촉박한 건 아니야. 대학을 갈지 말지, 안 간다면 뭘 할지 너도 생각을 많이 해 보고 부모님과 진지하게 대화를 해 보는 거지."

"근데 우리 부모님은 그런 문제에 있어서 나랑 대화를 하려고 하지 않았어. 그냥 무조건 대학에 가라고 윽박질렀지."

"그럼 또 때리면 되지. 맞으면 말을 듣겠지."

경서의 말에 승현이가 핀잔을 줬다.

"무슨 그런 말을 하냐?"

"그게 사실이야. 예로부터 매가 약이었어."

"폭력은 어떤 문제도 해결해 주지 않아. 그건 언어 폭력도 마찬가지야. 아마 부모님도 이번 기회에 그걸 깨달았을 거야. 태용이 네가 진지하게 부모님과 대화를 시도한다면 부모님도 마음을 열고 대화에 임할 거야."

경서가 콧방귀를 뀌었다.

"말은 쉽지. 정말 교과서 같은 조언이군."

"맞아. 하지만 교과서가 정석이잖아. 태용아, 정석대로 가보자. 대학에 가든 안 가든, 가장 올바른 방식으로 문제를 해결해 보자."

하지만 승현이의 말대로 하는 건 아무래도 쉬울 것 같지 않았다. 적어도 당장은 그랬다. 부모님과 나는 서로에게 말을 거의 하지 않았고, 서로를 아주 조심스럽게 대했다. 아무래도 이 상처는 쉽게 아물지 않을 것 같았다.

"그런 점에서 말이야."

어느 날 점심시간에 경서가 말했다.

"태용아, 문학 동아리에 돌아와."

"뭐?"

내가 외쳤다. 승현이도 당황해서 물었다.

"진심으로 하는 말이야?"

"당연하지. 우린 태용이가 필요해. 그리고 무엇보다도 연말에 할 연극 대본을 누군가는 써야지. 태용이 말고 누가 쓰겠어?"

나는 손을 내저었다.

"안 돼, 안 돼. 난 절대 못 가."

"왜?"

"거기 아름이가 아직 있잖아! 아름이가 있는데 어떻게 가라고?"

"아름이를 보러 오라는 게 아니야. 문학을 위해서 돌아오라는 거야. 너도 연극 대본을 쓰고 싶을 거 아니야. 안 그래?"

"아니, 말도 안 돼. 절대 못 가. 아름이 얼굴을 어떻게 봐?"

"아름이를 보러 오라는 게 아니라니까?"

"가면 아름이를 볼 수밖에 없잖아!"

"그거야 뭐, 어쩔 수 없지."

경서가 팔짱을 낀 채 생각에 잠긴 표정으로 말했다.

"하지만 너도 문학 동아리가 좋잖아. 그리고 희곡을 쓰고 싶은 마음도 있고."

"그거야 뭐…… 그렇긴 하지."

"그러니까 돌아와. 아름이는 신경 쓰지 말고. 아름이 걔도 성격이 착해서 너에게 못되게 굴지는 않을 거야. 그리고 문학 동아리 사람들도 그동안 다들 너를 걱정하고 보고 싶어 했어. 특히 단비가."

"맞아, 단비는 틈만 나면 네 얘기를 해."

승현이가 말했다.

"하지만 그렇다고 태용이가 동아리에 돌아오면 좀 어색할 텐데……."

"지승현, 너까지 왜 그러냐? 넌 남의 여자를 빼앗은 걸로 모자라서 태용이의 예술까지 막으려는 거냐?"

"아니, 내가 뭐……."

"그렇게 말하지 마."

내가 웃으면서 제지했다.

"아름이는 원래부터 승현이랑 잘 어울렸어."

"난 그렇게 생각하지 않아. 아름이랑 네가 키도 비슷하잖아."

"그러니까 더 그렇지. 아무튼 내가 이 상황에서 다시 동아리에 들어가면 그건 막장 드라마야."

"좀 막장이면 어때?"

경서가 웃으면서 말했다.

"네가 하고 싶은 걸 하는 게 중요한 거지. 네가 우리 동아리가 싫다면, 그리고 희곡을 쓰기 싫다면 안 와도 돼. 하지만 동아리 활동이 좋았잖아? 희곡도 쓰고 싶고. 그럼 아름이 눈치를 보지 말라는 거야. 빌어먹을 지승현 눈치도 보지 말고. 누구의 눈치도 보지 말고 네가 하고 싶은 대로 하라고."

"그건 맞는 말이야."

승현이가 고개를 끄덕였다.

"태용아, 결정은 네가 내리는 거니까 한번 잘 생각해 봐. 근데 솔직히 말하면, 나도 네가 동아리에 다시 돌아왔으면 좋겠어. 물론 처음에는 좀 어색하겠지. 하지만 시간이 좀 지나면 괜찮아질 거야. 그리고 난 네가 쓰는 글을 계속 읽고 싶고, 네가 쓴 희곡으로 하는 연극도 보고 싶어. 물론 이건 어디까지나 네가 그걸 원한다는 전제 하에 말하는 거지만."

나는 말없이 생각에 잠겼다. 그 모습을 보던 경서가 말했다.

"태용아, 내 인생의 궁극적인 꿈이 뭔지 알아?"

나는 고개를 들고 경서를 바라보았다.

"소중한 사람들과 후회 없는 삶을 사는 거야. 그래서 너한테 동아리에 돌아오라고 하는 거야. 나도 그렇지만, 너도 그렇게 살았으면 해서."

그렇게 해서 내 인생은 아주 이상해졌다. 부모를 때렸는데도 집으로 돌아가서 부모님과 같이 살고 있었고, 이제는 여자한테 차였는데도 그 여자가 있는 동아리로 돌아가게 된 것이다. 내가 생각해도 어처구니없는 일이었다. 내 인생인데도 내 마음대로 되지 않는 경우가 인생의 대부분인 것 같다.

나는 다음 날 점심시간이 되자 경서와 승현이를 따라서 동아리실로 향했다. 그리고 경서가 문을 열자 쭈뼛거리며 안으로 들어갔다. 책상 앞에 앉아 있던 사람들이 나를 보고 깜짝 놀라 외쳤다.

"태용아!"

충혁이 형, 단비, 민지, 그리고 아름이까지. 모두들 그대로였다. 나는 어색한 미소를 띤 채 승현이 옆에 서서 고개를 숙였다.

"네, 안녕하세요."

충혁이 형이 다가와서 내 손을 잡고 흔들었다.

"태용아, 돌아왔구나! 진짜 너무 반갑다."

"감사합니다."

나는 형의 환대에 마음이 따뜻해졌다. 동아리 회원들은 그동안 내가 어디에 있었는지, 왜 학교를 나오지 않았는지를 이미 승현이와 경서에게 들어서 다들 알고 있었다. 나는 부모님과 싸우고 가출했다가 다시 돌아왔다는 사실이 많이 부끄러웠다. 동아리 친구들이 그 사실로 나를 놀려도 할 말이 없었다. 하지만 그들의 얼굴에 비웃음의 기색은 없었다.

부끄러워서 얼굴을 붉히는 나에게 동아리 회원들이 한 마디 씩 했다. 다들 나를 보고 싶었다고 말했다. 심지어 단비마저도 그렇게 말했다.

"걱정하게 해서 미안해요."

나는 그렇게 말하다가 아름이와 눈이 마주쳤다.

오랜만에 다시 보는 아름이는 여전히 눈부시게 예뻤다. 아름 이는 안쓰럽다는 표정과 함께 미안한 마음이 담긴 미소를 짓고 있었다.

"다시 와 줘서 고마워."

아름이가 말했다. 나는 그 말에 부끄러워져서 얼른 고개를 숙였다. 잠시 어색한 침묵이 흘렀다. 나는 내가 아름이에게 고 백한 것을 다른 동아리 친구들이 알고 있을지 궁금해졌다. 그 생각을 하자 사람들 앞에서 벌거벗은 것처럼 민망한 기분이 들 었다.

그때 침묵을 깨고 경서가 말했다.

"자, 태용이가 돌아왔으니까 이제 말해도 되겠다."

"뭘?"

승현이가 물었다.

"사실은 내가 《로봇 교사》를 몇 군데 출판사에 투고했거든. 근데 그중 한 곳에서 오늘 아침에 연락이 왔어. 네 소설을 출간하고 싶대."

"뭐라고!"

다들 동시에 외쳤다. 나 역시 깜짝 놀랐다.

경서가 나를 보며 웃었다.

"태용이 넌 이제 진짜 작가가 되는 거야. 축하한다."

그날 동아리실은 친구들의 흥분한 목소리로 떠들썩했다. 경서는 우리에게 출판사에서 받은 메일을 보여줬다. 나는 사람들이 쏟아 내는 말들 속에서 얼떨떨한 상태로 앉아 있었다.

그날 수업이 끝나고 하교길에 나는 경서가 알려 준 출판사 번호로 전화를 걸었다. 전화를 받은 출판사 대표에게 나는 내가 《로봇 교사》를 쓴 사람이며, 출간 계약을 하고 싶다고 말했다. 대표는 반가워하며 나에게 만나서 얘기를 나누자고 했다. 그러면서 대표는 출판사 주소를 문자로 보내 줬다.

집으로 온 나는 엄마에게 내가 쓴 소설을 출간 계약을 할 것 같다고 말했다. 내 말을 들은 엄마는 깜짝 놀랐다. 엄마는 거듭 나에게 진짜냐고 물었다. 그러더니 아빠에게도 전화를 걸어 그 소식을 전했다. 엄마의 전화를 받은 아빠 역시 놀라서 나에게 진짜냐고 반복해 물었기 때문에, 나는 사실이라고 여러 번 말해야 했다.

나는 엄마와 아빠의 유난스러운 반응에 놀랐다. 두 사람은 지금까지 내가 작가가 되고 싶어 하는 걸 탐탁찮게 여겼기 때문이다. 나는 솔직히 부모님이 《로봇 교사》의 계약 소식을 듣고 시큰둥하게 여길 거라고 생각했다. 하지만 두 사람이 놀라는 모습은 나를 놀라게 했다.

"그럼 넌 이제 진짜 작가가 되는 거네?"

엄마가 물었다.

"그런 셈이죠."

나는 그렇게 말한 뒤 학원에 가기 위해 교복을 갈아입고 가방을 챙겼다. 내가 현관을 나서려는데 엄마가 뒤에서 나를 불렀다.

"저기, 태용아."

내가 뒤돌아보자 엄마는 무슨 말을 하려는지 잠시 머뭇거리다가 말했다.

"간식 먹고 가."

"됐어요."

나는 현관문을 닫고 집을 나섰다. 집에 있는 것이 불편했기 때문이다.

어떤 사랑

그 주의 토요일에 나는 출판사를 찾아가 출판사 대표와 만났다. 대표는 우리 아빠 정도 나이로 보이는 아저씨였다. 대표와 나는 《로봇 교사》에 대해서 이런저런 이야기를 나눴다. 내가 이 책을 학교 문학 동아리의 과제로 일주일 만에 썼다고 하자 대표는 놀라움을 감추지 못했다.

대표는 계약과 관련된 사항을 알려 준 뒤 내게 출판계약서 사본을 한 통 줬다. 나는 대표와 헤어진 뒤 집에 돌아와서 계약서를 자세히 읽어 봤다. 엄마와 아빠도 계약을 도와줬다. 부모님은 소설 출간 계약에 대해서 찾아보고 계약서를 꼼꼼히 읽은 뒤 계약 내용에 문제가 없으며 조건도 좋은 것 같다고 말했다.

나보다 부모님이 내 출간 계약에 더 들떠 보였다.

그 다음 주에 나는 계약서에 도장을 찍고 소설 출간 계약을 했다. 그러자 계약금으로 200만 원 정도 되는 돈이 들어왔다. 돈이 들어온 날 저녁에 우리 가족은 약간 비싼 식당에 가서 외식을 했다.

밥을 먹으면서 아빠가 이 소설을 언제 썼냐고 물었다. 나는 남는 시간에 틈틈이 썼다고 둘러댔다. 엄마와 아빠는 내가 소설 출간 계약을 한 게 아직도 신기한 모양이었다. 두 사람은 밥을 먹는 내내 소설의 내용에 대해서 질문했다. 나는 일일이 대답해 주다가 책이 출간되면 직접 읽어 보라고 덧붙였다.

식사를 마치고 식당을 나온 우리는 곧장 집으로 걸어갔다. 나는 이상하게도 기운이 없어서 자꾸 뒤처졌다. 나는 몇 걸음 앞에서 걸어가는 부모님을 보면서 뭔가가 자꾸 속에 얹힌 것 같다고 느꼈다. 가슴속에 주먹만한 돌멩이 하나가 들어 있는 것 같은 느낌이었다.

몇 주 전에 내가 부모님을 때리던 순간이 다시 떠올랐다. 나는 그 순간을 잊기 위해 고개를 저었지만 그 장면은 머릿속에서 반복해서 생생하게 재생되었다. 나는 그만 길 한복판에 멈쳐 서고 말았다.

앞서 가던 엄마가 뒤돌아보며 물었다.

"왜 그래?"

아빠도 뒤돌아봤다.

"태용아, 어디 아파?"

아빠가 물었다. 나는 두 사람의 얼굴을 번갈아 보며 기운 없는 한숨을 내쉬었다.

"있잖아요,"

나는 이렇게 말문을 연 뒤 잠시 망설였다. 이 말을 해야 하는 건지 하지 말아야 하는 것인지 판단이 서지 않았다. 하지만 나는 가슴속을 짓누르는 작은 돌멩이를 꺼내고 싶었다.

"때려서 죄송해요. 욕한 것도 죄송해요."

엄마 아빠는 잠시 서로를 보다가 나에게 눈길을 돌렸다. 나는 부모님이 할 말을 찾을 때까지 기다렸다.

"알겠어."

마침내 엄마가 대답했다. 아빠도 고개를 끄덕이며 말했다.

"그만 가자."

나는 다시 걸음을 옮겼다. 완전히 홀가분해진 건 아니지만 마음이 조금은 가벼워진 것 같았다.

　그 주의 토요일에 나는 문학 동아리 친구들을 모두 데리고
가서 점심을 샀다. 경서가 피자를 먹고 싶다고 우겨서 나는 피
자를 사야 했다.
　경서, 승현이, 아름이, 단비, 충혁이 형, 그리고 민지는 즐겁
게 재잘거리며 피자를 먹었다. 나는 그들이 웃고 떠드는 모습
을 보자 기분이 흐뭇해졌다.
　"태용아, 연말에 할 연극 대본은 무슨 내용으로 쓸지 생각해
봤어?"
　충혁이 형이 물었다.
　"아직은 아무 생각도 안 나요."
　그러자 경서가 핀잔을 줬다.
　"태용이는 그동안 이런저런 일로 바빴어. 그런 걸 생각할 여
유가 없었다고."
　"알지. 아는데, 그래도 궁금하니까 그렇지. 그리고 어차피 태
용이는《로봇 교사》도 일주일 만에 써 버렸잖아. 이번에도 그렇
게 할 수 있지 않겠어?"

나는 웃으면서 고개를 저었다.

"그런 일이 두 번이나 일어나는 건 힘들 것 같아요."

그러자 민지가 말했다.

"하지만 오빠는 천재잖아요."

그 말에 단비가 끼어들었다.

"천재라고 해도 매번 그렇게 할 수 있겠냐?"

친구들은 피자를 먹으며 어떤 연극을 할 것인지 열심히 이야
기했다. 그들은 각자가 좋아하는 소설이나 영화의 장르들에 대
해 이야기했다. 나는 말없이 그들의 대화에 귀를 기울였다.

"태용아, 왜 이렇게 조금 먹어? 네가 사는 건데 네가 제일 많
이 먹어야지."

승현이가 말했다.

"난 너희가 먹는 것만 봐도 배불러."

그러자 다들 웃음을 터뜨렸다.

"무슨 그런 자상한 말을?"

승현이의 말에 나는 미소를 지었다.

"정말이야. 이건 내가 처음으로 출간 계약을 하고 받은 돈이잖
아. 너희들 덕분에 그 책을 쓸 수 있었어. 난 그게 정말 고마워."

"우리가 고맙지. 좋은 소설을 읽을 수 있었으니까."

단비가 말했다. 나는 단비의 날카로운 눈매가 부드럽게 풀리며 웃는 모습이 낯설었다. 경서도 그걸 눈치챘는지 금발을 흔들며 웃어젖혔다.

"하하, 박단비 네 눈에서 꿀 떨어진다. 혹시 태용이 좋아하는 거 아니야?"

그러자 단비의 눈빛이 다시 날카로워졌다.

"콜라를 코로 먹기 싫으면 닥쳐."

그 모습이 꼭 자그마한 말티즈가 으르렁거리는 것만 같았다. 우리는 다시 웃음을 터뜨렸다.

나는 단비와 경서가 티격태격하는 모습을 보며 웃다가 내 앞에 앉은 아름이를 곁눈질했다. 승현이 옆에 앉은 아름이는 오늘 긴 머리를 단정하게 뒤로 묶고 있었다. 언제 봐도 정말 예쁜 얼굴이었다. 아름이가 웃으면서 승현이를 보자 둘은 눈이 마주쳤다. 승현이를 보는 아름이의 얼굴은 꿈꾸는 듯한 표정이었다.

그 모습을 보자 가슴속에서 쓸쓸함이 퍼져 나갔다. 하지만 예전처럼 슬프지는 않았다. 나는 여전히 아름이를 좋아했지만, 아름이가 나를 좋아하지 않는다는 사실을 이제는 받아들일 수 있었다. 승현이는 여전히 나의 좋은 친구였고, 어쩌면 아름이도 나중에는 승현이만큼 나에게 좋은 친구가 될지도 모르는 일이다.

아름아, 그 소설은 내가 너를 위해서 쓴 거야. 나는 아름이에게 말하고 싶었다. 나는 항상 나 자신의 만족을 위해서 소설을 구상했어. 하지만 내가 쓴 첫 번째 소설은 너를 위해서 쓴 거야. 네가 책을 읽으면서 그 사실을 느낄 수 있다면 좋겠다.

나는 웃고 있는 아름이를 보며 생각했다. 《로봇 교사》는 부족한 부분이 많은 작품이다. 하지만 만약 언젠가, 내가 죽기 전에 정말로 무한히 위대한 소설을 쓴다면, 그때는 나도 지금의 이 씁쓸한 기분에서 완전히 자유로워질 수 있을 것 같았다. 나의 유한하고 부족한 삶에서 무한하고 영원한 무언가를 만들어 낼 수 있다면, 그것이 이 친구들에게 줄 수 있는 최고의 선물이 아닐까? 그리고 이들뿐만 아니라, 앞으로 내가 만날 모든 사람들과 만나지 못할 그 수많은 사람들에게도 커다란 선물이 되지 않을까? 어쩌면 그게 내가 앞으로 평생 일구어 나갈 내 방식의 사랑일 것 같았다.

나는 그런 생각을 하다가 문득 내 손을 내려다보았다. 예전에 경서는 내 손을 정말 예쁘다고 했었다. 그 말을 떠올리며 자세히 들여다보자 내 손이 예쁘게 생긴 것 같기도 했다. 이 손으로 앞으로도 좋은 소설을 많이 써야지.

나는 내 손에서 눈길을 떼고 고개를 들다가 아름이와 눈이 마주쳤다. 아름이는 크고 맑은 눈을 깜박였다. 나는 아름이에게, 그리고 아름이의 까만 눈동자에 비친 아이에게 마음속으로 말했다.

정말 예쁘다.

신이 되기 위해 목동을 헤매던 소년

저는 아주 어린 시절부터 소설가가 되는 것이 꿈이었고, 좀 더 자라서는 무한히 위대한 소설을 쓰는 것이 인생의 궁극적인 목적이 되었습니다. 그래서 저는 20대 초반에 무턱대고 무한히 위대한 소설을 쓰려고 애썼는데, 그때 제가 몇 년 동안 구상했던 소설은 신이 되기 위해 목동을 헤매던 소년의 이야기였습니다. 저는 저에게 떠오르는 모든 생각을 그 작업 속에 집어넣으며 소설의 크기를 계속 불려갔고, 나중에는 너무 많은 생각들이 쌓여서 제대로 정리조차 되지 않았습니다. 그래서 무한히 위대한 소설을 쓰려던 저의 첫 번째 시도는 집필을 시작조차 하지 못하고 실패로 끝나고 말았습니다.

시간이 지나서 20대 후반이 되었을 때 저는 20대 초반에 제가 구상했던 '무언가에 도달하기 위해 목동을 헤매던 소년'의 이야기를 다시 쓰고 싶어졌습니다. 하지만 이번에는 무한한 것을 만들고자 하는 욕심을 잠시 내려놓고 좀 더 소박하고 진실한 이야기를 만들기로 했습니다. 그래서 같은 제목을 유지하는 대신 저의 10대 시절을 재료로 소설을 쓰기로 했습니다.

이 소설은 저의 고등학생 시절을 다룬 자전적인 소설입니다. 하지만 자전적이긴 해도 실제 있었던 일 10퍼센트에 허구가 90퍼센트 정도 섞여 있습니다. 그러니 이 소설은 제가 직접 겪은 경험보다는 고등학생 시절 제가 품고 다니던 감정과 생각을 표현했다는 의미에서 자전적인 소설이라고 보면 될 것 같습니다.

이 세상에 힘든 10대를 보낸 사람이 저뿐만은 아니겠지만, 저는 제 인생에서 가장 고통스러웠던 시간이 중고등학생 때였습니다. 그때 저는 우울할 때마다 신정동과 목동의 거리를 정처 없이 걸었습니다. 그렇게 걸으면서 저는 머릿속으로 소설을 구상하기도 하고, 가출을 할까 고민하기도 하고, 가출 대신 출가를 해서 현실을 벗어날까 고민하기도 했습니다. 그렇게 꾸역꾸역 살다 보니 어느새 10대를 지나고 이 나이까지 오게 되었습니다. 돌이켜 생각해 보면 10대 시절에는 꿈과 함께 설레는 감정을 많이 갖게 되지만 그런 것들이 부서지는 경우도 많은 것 같습니다. 꿈이 방해받기도 하고 사랑에 실패하기도 합니다. 물론 그런 아픔 속에서 우리는 조금씩 성장할지도 모릅니다. 하지만 저는 청소년이 스스로 성장하는 것도 중요하지만 그런 아픔을 겪는 청소년들을 어른들이 좀 더 이해해 주면 좋겠습니다.

저는 고등학생 때 승현이와 경서 같은 친구가 없었습니다. 그래서 그런 친구들이 그 시절의 제 곁에도 있었으면 좋았을 것 같다는 마음으로 글을 썼습니다. 독자 여러분도 힘든 삶을 견딜 수 있는 소중한 친구들을 많이 갖게 되기를 바랍니다. 그리고 여러분도 다른 누군가에게 그런 친구가 되어 주길 바랍니다. 저도 독자들에게 그런 친구가 되어 줄 수 있는 소설을 쓰기 위해 앞으로도 열심히 노력하겠습니다.

이희준

이희준

1995년 서울 출생. 숭실대학교 철학과를 졸업했다. 2020년, 살인 누명을 쓴 로봇 교사가 진범을 추적하는 내용의 추리, SF, 청소년 소설을 결합한 장편소설 《로봇 교사》를 출간해 작가가 되었다. 이어 2022년에는 자신을 길러 준 도깨비 아빠를 구하려는 인간 소년의 모험을 그린 장편소설 《하현》을, 2024년에는 전설 속의 용을 둘러싼 고등학생 소년과 여왕의 이야기를 담은 장편소설 《푸른 용의 나라》를, 이듬해에는 식민지 시대를 배경으로 10명의 이야기가 퍼즐처럼 연결되는 역사 판타지 소설 《엑스터시》를 출간하였다. 이 중 데뷔작 《로봇 교사》는 영화와 웹툰으로 만들어질 예정이다.